dear+ novel
sekai no man-naka・・・・・・・・・・・・・・・・・・・・・・・・・・

世界のまんなか イエスかノーか半分か2

一穂ミチ

新書館ディアプラス文庫

世界のまんなか イエスかノーか半分か2

contents

illustration: 竹美家らら

世界のまんなか

Sekai no Man-naka

「立ち位置、このへんでいいですか?」

「うん、そんで、合図したら後ろのビルを手で指しつつ『こちらがもうすぐ完成する――』って紹介な。国江田《くにえだ》のしゃべりに合わせてカメラを下から上に思いきり振る、と」

「はい」

新しくできる高層商業ビル、いくつめか分からない東京のランドマークの取材だった。晴れて風のないロケ日和《びより》だが何しろ気温が低いので、すべてをワンテイクですませてとっとと帰ろう、と計《けい》は心に決めていた。寒さなどみじんも感じていない笑顔でスタンバイして、ディレクターのキューを待つ。

突然、ふ、と頭上が翳《かげ》って目の前が暗くなった。マイクを持つ手やスーツが一段階濃い色になり、足下《あしもと》にしみのような影が広がっている。

雲? あんなにいい天気だったのに?

計がビルのてっぺんより彼方《かなた》を振り仰いだのと同時に、クルーのひとりが「あ」と声を上げた。

「飛行船」

水を張ったように透明でつめたい冬の青空に、いつの間にかぽっかりと船が浮かんでいた。地上に落とした分身を連れてゆっくりと移動している。

「あれ『ジパングテレビ』のロゴ入ってない?」

「カメラズームしてみろよ」

「待って待って……ほんとだ」

何でもいいから早《は》よ行け。不自然な影や他局のPRが映り込む状態で撮影は無理だし、空の上じゃどいてもらうことも急《せ》かすこともできない。通行人はのんきに「わあ」と立ち止まって写真を撮ったりしているが、計はまったくそんな心境にはならず見下ろされ感に腹を立てていた。あの、人が乗ってる、ぽこっと出っ張ったとこ、爪でかりかりって引っかいて取りてえ。

フレームを覗いたカメラマンが船体に書かれた文字を読み上げる。

「『春から新番組スタート……ニュースをエンターテインメントする「ニュースメント」』……すげーな、番宣のために飛行船飛ばしてんのか」

電車の中吊りジャックや駅の柱を使うのとどっちがお高いのか知らないが。

「顔写真あるじゃん、誰？」

「えっと、局アナの、あー名前出てこない、ベテランの誰かと、あと……」

今が旬と言われる評論家の名前が数人出てくる。テレビ的にいやらしい言い方をするなら「数字を持ってる」というやつ。

「豪華だなー」

「ジパングのニュースってどこの枠《わく》？　朝？　夕方？」

「いや夜だよ、聞いたことある。ドラマもグルメも数字取らないからいっそ帯《おび》でニュースにするって話」

「まじで？　大幅改編《かいへん》だな」

「ていうか、夜ってことは――」

「――『ザ・ニュース』の真裏か」

飛行船は、黒い穴みたいな影を落としたまま、まだ近くにいる。いや遠いのか、お空の上。

憎たらしい晴天。


――ジパングテレビがこの春から夜の時間帯に向けて新しいニュース番組「ニュースメント」をスタートさせる。司会はアナウンサーの角松伸夫《かどまつのぶお》、レギュラーアシスタントにモデルでタレントの木崎了《きざきりょう》、月～金曜日に日替わりで個性豊かなコメンテーター陣を迎え、国内外のさまざまなニュースを徹底解説する。バラエティ路線が好調なジパングテレビだが、新しい報道番組の立ち上げは実に十年ぶり。

「平日午後十時からの枠といえば旭《あさひ》テレビ『ザ・ニュース』のひとり勝ち状態だが、新規参入の『ニュースメント』が牙城《がじょう》を崩せるか――……だって」

「へー」

潮《うしお》が読み上げたスポーツ紙の記事に、計はそっけない相づちを打つ。情報解禁されてよその新聞も一斉に報じているので、教えられるまでもなく内容は把握している。

「ライバル登場?」

「裏番組は皆ライバルだろ」

　視聴率は限られたパイを奪い合う戦いだが、編成がどれだけグラフとにらめっこで分析しようと、何がウケて何で下がるのかという明確な方法論はもちろんない。まったくバリューのなさそうなネタでぴょんと数字が飛び上がっている時もあれば、作り手が渾身《こんしん》の思いで出したVTRが心停止状態だったりもする。プロデューサーの設楽《したら》は「通知表みたいなもん」だと言う。大事だけどそれがすべてじゃない、と。もちろん危険水域になれば内容のリニューアル、演者《えんじゃ》のリニューアル、ぐいぐい梃子《てこ》を入れても駄目ならさようなら。空《あ》いた場所にはどこかで見たような「新しい」番組がはめ込まれる、テレビって諸行無常《しょぎょうむじょう》だ。

「でも同じジャンルだったら意識するもんじゃねーの」

「ニュースたってだいぶ毛色違うっぽいし、うちの客取られたとしてもそれは俺がどうこうって問題じゃねーだろ。強《し》いて言うなら麻生《あそう》さんのせいじゃね」

「ザ・ニュース」は紛《まぎ》れもなく麻生圭一《けいいち》の番組なのだから。「お客さま」として迎えるコメンテーターも実際のところホストである麻生のコマに過ぎない。

「先にやってるほうが研究されんのは当たり前だから向こうはうちの構成もＣＭ位置もばりばり意識してるだろうけど、出方見ねーと対策も立てらんねーし、去年リニューアルしたばっかですぐこちょこちょいじるのはよくないって設楽Ｐも言ってる」

「ふーん、もっとぴりぴりしてんのかと思ってた」

潮は意外そうだった。

「お前の負けず嫌いって今いち分かりにくいな」

「凡人に理解されなくてもいいんだよ」

「へいへい、じゃあちょっと凡人の仕事手伝ってくんね」

手渡された、というか押しつけられたのは、一メートル四方ぐらいの、まだらに黒っぽい布だった。

「何これ」

広げてみると、ところどころに刺繍《ししゅう》が施《ほどこ》してあった。何色かの糸を用いたそれは、どうやら花火を表しているようだ。まだぽつぽつ、ぐらいで、たぶん完成にはほど遠い。「何これ」ともう一度尋ねる。

「どこかはまだ言えねえけど、とあるデパートのバーゲンＣＭで使ってもらうやつ。この、花火の輪を一周縫《ぬ》うごとに撮影してんの。ぷわーって次々開いてく感じにしたいなと思ってて」

「次々ってどれぐらい」

「いやまあ、埋《う》め尽《つ》くすぐらい？　だからお前も一周助けて。なるべくいろんな人間の味が乗ってるほうがいいから、心当たりに頼みまくってるとこ」

千人針《せんにんばり》か。

「ドM」

「かどうかは国江田くんのほうがよくご存じじゃね」

「うっさい」

「ていうかむしろお前が若干《じゃっかん》」

「うっせーつってんだろ！　手伝わねーぞ！」

「あーごめんごめん、お願いお願い、まじ困ってんだわ助かるわー」

嘘なりにもっと演技しやがれ、とムカつく白々《しらじら》しさで糸を通した刺繍針を差し出してくる。

「わー国江田くんじょうずー、さすがー」

「まじで刺すぞ」

まだ三重丸ぐらいの花火の外に、新しい火花を足す。ぽつ、とした粒《つぶ》を繰り返し縫い付けるだけの作業だから、一回一回は大した労《ろう》でもないがこれを縫っては撮り縫っては撮り編集して……テレビCMだと、画面に映って流れるのはおそらくせいぜい三十秒。トリミングして、キャッチコピーやモデルだって当然重なるだろうし、計の感覚では効率が悪いが、潮は一秒の映像に平気でまる一日費《つい》やす。しかも、濃紺《のうこん》や群青《ぐんじょう》が不規則に混ざった布地は、潮が自分で染めたらしい。何だそのこだわり。既製品じゃ駄目なのか。

「ほんっとちまちましたことが好きだよなお前」

「いや別に」

潮はこともなげに否定する。

「全然好きじゃねーよ、見てりゃ分かんだろ」

確かに、衣食住に関しては大らかというか大ざっぱ、だから計も寛《くつろ》いでいられる。料理もするけど懐石《かいせき》みたいなのが出てくるわけじゃないし。

「でも」

「夏だから花火がいいなーと思って、どんな花火つくりたいか考えたらそういう結論になった、ただそれだけ。時間食うからとか手間がかかるからって、できない理由にはなんねーだろ。まあいやだけどさ、予算がないからに比べりゃ平気」

まず「何をしたいか」が先にあって、それを表現する手段には特別な意味を持たせない。粘《ねん》土《ど》でも人形でも縫いものでも、その時思い描くイメージに適していたにすぎない。そして「何がしたいか」は、実際の作業に移るまで潮の頭の中だけでひたすら練られているのだ。このシンプルさってどこからくるんだろう。働いていて「何がしたいか」など考えたためしのない計はふしぎに思う。

うまくやりたい、とは思っている。毎日、きょうもうまくこなしましょうって感じだ。与えられた仕事を。誰かが書いた原稿を誰かが繋《つな》いだ映像に合わせて、正しい発音（って、誰が決めたんだろう）ですらすら読む。決められた時間の中で決められたテーマに関しての適切なコメントをする。誰にでもできる仕事じゃない、だから計がやっている。不安も不満もないはずだ。

でも潮を見ていると時々思った。俺がやってるのって、何だろ。さしたる動機も情熱もなく、見栄《みえ》と努力によって支えられているこれは――とか考え始めたら人生否定しちゃうだろーが、やめろやめろ。自分のもの思いを戒《いまし》めて淡々と針を進めた。

「おら、できたぞ」

針と糸がぶら下がったまま返却すると潮は「うまいな」と感心する。

「きれいな輪になってるし、角度も時計みたいに均等」

「もっと褒《ほ》めろ」

「お前やっぱ、基本的に何でもできるんだよなー」

「今頃気づいたか」

「で、機嫌よくなったとこで話があんだけど」

「は？」

潮は針と糸の始末をしながら「来週からうちにしばらく人が入り浸《いびた》ることになった」と言う。

「何で？」

「んー……ドキュメンタリーの取材だって」

　気乗りしない話なのはその口ぶりで察せられた。自分自身を露出していくのを潮は好まない。つくったものが仕事として成立し、食い扶持《ぶち》になればそれだけで満足だと思っている。一応「業界」にいてここまで功名《こうみょう》とか虚栄《きょえい》からほど遠い人間を、計は潮のほかに知らない。

「どんな?」

「東洋《とうよう》テレビの『パーソンズ』」

　計が夕方ニュースでちょこちょこやった取材じゃなく、一時間枠のがっつりしたドキュメンタリーだった。アスリート、IT社長から世界にひとりレベルのレア職業までとにかく「『人』にズームする」というのが謳《うた》い文句の長寿番組で、確か十年近く続いているはず。

「うわっ……」

　計は途端に顔をゆがめる。

「何だよ」

「あれに出てるやつって、分譲《ぶんじょう》マンションのキャッチコピーみたいなキメ台詞《ゼリフ》を素面《しらふ》で言い放つだろ。そこにまた妙な間合いのすかしたナレーションかぶせるだろ。『都築《つづき》潮は知っている』的な」

「まあ、最近完全に狙ってきてはいるよな」

「日本一『しゃらくせえ』って言葉が似合う、しゃらくさ日本代表、しゃらくさオブジイヤー、しゃらくさセレクション三年連続金賞、そんなんに出るって？」

「しょーがねーだろ、大人の事情。去年設楽さんに頼まれたのとおんなじ。俺だってやだよ」

「しばらくってどれくらい」

「一ヵ月ちょい……四月頭までかな？　ほんとは半年ぐらい出入りさせてくれって言われたけどさすがに勘弁してもらって、その代わりガチ密着になりそう。ノイローゼとか不安なら早めに言ってくださいって言われた。地味な作業しかしてねーんだけどな」

「じゃーその間絶対寄りつかねーから」

計は宣言した。

「お前ももし周りに誰もいなくてもうちに来るとか俺を呼ぶとか電話もすんなよ、絶対すんなよ！」

「え、それはしろっていうこと？」

「芸人じゃねーわ！　ま、じ、で!!」

「保身第一かよ」

「当たり前だろ」

「何だ、寂しがるかと思ってわくわくしてたのに」

擬音《ぎおん》違くね？

「どーせ俺も忙しいもん。特番のナレ撮りとかインタビュー重なってるし」

売れっ子はつねに多忙だから。

「ふーん。じゃあまあちょうどよかったのかな。あとさ、」

「まだ何かあんのか」

「『パーソンズ』のリポーター……ナビゲーターって言ってるんだっけ？　が、木崎了なんだって」

「え？」

潮は若干、ばつ悪そうになった。

「あれ、タレント何人かで回してるだろ、それがたまたま。だからうちに来たり、俺としゃべったり……事前に希望訊かれて、別に誰でもいいすよって言ったんだけど、まさかお前んとこの裏番組に出るなんて知らなかったから」

何だ、それで意識しないのかとか気にしていたわけだ。愚民《ぐみん》の考え休むに似たりだな。計はあっさり「別にどーでもいーけど」と答える。潮には潮の仕事があるのだし、正直木崎了とやらの顔もぼんやりとしか浮かんでこない。きっと住民票は東京都オシャレ区、その程度のイメージだ。だって気にしようにもアナウンサーとモデルじゃ畑が違う。番組的に競合《きょうごう》しても、あっちがニュース読むわけもないだろうし。どーせあれだろ、シュッとした若い男置いときゃ画面も映《は》えるし、ふだんプライム帯のニュースなんか見ない若い女を取り込もうっていう、「女子アナおっさん漁《りょう》」の逆バージョン。右斜め四十五度で舐《な》められてろ、カメラに。

計のうすい反応に、潮はため息をつく。

「気ぃ遣って損した」

「何で俺に気を遣うのが損なんだよ！」

「やばいかなって思ってたのに」

「俺の寛容さに感謝しろよ」

「あざすあざす、じゃあまあお互い健闘を祈るってことで」

「お前うっかり場の空気とかディレクターのお世辞に負けてしゃらくさいこと言うんじゃねーぞ」

「もし言ったら？」

「お前の葬式で流す」

「そんなさらっとプロポーズすんなよ、照れるわ」

「してねえし！」

そして照れてないしこの野郎。

「ていうか俺が先に死ぬ前提？　別にいいけど」

ベッドに座る計と向かい合って椅子に掛けていた潮が隣に移ってきて、笑顔で言った。

「そん時は棺桶《かんおけ》にお前のアクセント辞典入れて」

「……バッカじゃねーの!!」

計は全力で潮を押しやると壁にぴったり向かい合って横になる。

「え、おい」

無視。

「計」

肩を揺する手を乱暴に振り払った。

「……泣くなよ」

「泣くか！　ドアホ」

ただの軽口だったのに、いきなりリアルな物品ぶっこんでくるから、脳裏《のうり》で生々しいＶＴＲが再生されてしまってちょっとだけ喉《のど》がぐって詰まる感じに――ばかやろう俺の想像力。

「大体、人の仕事道具図々《ずうずう》しく要求してくんな」

「そんな早く死ぬ気ねーけど、お前生涯現役《げんえき》のつもり？　仕事中毒だなー」

「別に」

「計」

潮が声色をやわらかく落とす。

「悪かったよ、しばらく会えないんだから顔見せろ」

「下手《したて》に出てるくせに命令形とか……」

それでも身体を反転させてやると、きゅうと抱きしめられた。

「顔見んじゃねーのか」

「うん、後で」

肩口に鼻と口が押しつけられて苦しい、のに計はちっとも不快じゃない。後ろ髪を指先でもてあそびながら潮が「そっか」とつぶやいた。

「もう、一年経《た》つのか」

出会ってから二度目の春が来る。

「それがどうした」

「もう、っていうか、実は十年ぐらい過ぎてる気がしてた」

「……どーゆー意味」

「どーゆーってそのままだけど」

「損なのか得なのか分かんねえ」

それってもう満喫《まんきつ》しきったってことでは？　かすかに身体をこわばらせるとその背中をぽんぽん叩かれた。

「得に決まってんじゃん。十年で百年ぶんだからな」

計は自分からぎゅうぎゅう顔を押しつけた。こもる息が熱い。背中に回した腕にも力を入れると「魚拓《ぎょたく》でも取りてーのか」と色気もへったくれもない突っ込みをされる。すこしだけ唇を離して言った。

「……メールぐらいなら、してもいいぞ」

「はいはい」

「あと！」

「ん？」

「……う、うわきすんなよ……」

「声ちっさ！」

笑う潮の、かすかな振動《しんどう》につられて計もくらくらした。

「お前じゃあるまいしって言いたいけど、まあいいや、心配すんなよ」

「いや言ってるし俺浮気してねえし」

「言っとくけど死ぬまで時効じゃねーからな」

そっちのほうがプロポーズじゃ？　計はまだまだ潮の顔を見られそうにない。


会えないストレスが溜まらないわけじゃないが、社会人の一ヵ月半なんて実際瞬《また》く間だった。春の改編期、自分と直接関わりなくても放送局全体が慌ただしい。終わる番組、始まる番組、衣替えする番組。その狭間《はざま》の特番。慌ただしくセットが組み替えられ、新しいポスターや告知CMがお目見えする。そのめまぐるしさに合わせて計の二月と三月も駆け足で過ぎていった。

三月の最終週の月曜日から各局新年度モードに切り替わり、いよいよ真裏の「ニュースメント」も始まった。とにかく見てみないことには対策も立てられないので、番組終わりで会議室に集合し、録画しておいた第一回を皆でチェックする。

十秒程度のタイトルコールは、虹の七色が伸びていくポップなCG。スタジオは「ザ・ニュース」のブラウン基調と対照的な白ベースで、長くカーブしたテーブルに演者がずらっと並ぶ方式だった。

「やっぱ人多いと豪華感ありますね」

「でもこれ、どっちかっていうと朝のワイドの雰囲気だな」

あちこちから感想が洩《も》れる。

センターに総合MCの局アナ、を挟んで上手《かみて》にコメンテーター、下手《しもて》にいるのが木崎了。モデルだけあって、上半身しか映らなくても均整のとれた身体つきは一目瞭然《いちもくりょうぜん》だった。顎《あご》と鼻の細い、なめらかな印象の顔立ち。とはいえテレビでいくらでも見る「シュッとしたタレントさん」だな、とその時の計は思っていた。

カメラがテーブルをひととおり舐めてメインの三人に落ち着くと、MCが口を開く。

――こんばんは。きょうからスタートする新番組、「ニュースメント」の角松伸夫です。日々、さまざまなニュースが報じられますが、これを見れば、「あれって結局どういうことだったのかな?」という疑問を翌朝に持ち越さずすっきり眠っていただけるような、そんな視聴者の方々に分かりやすい番組を目指していくつもりです。そして、私と一緒に頑張ってくれる心強い相棒が、こちらの木崎了さんです。

――こんばんは、木崎了です。

軽い会釈《えしゃく》をして、ほんのすこし口角《こうかく》を上げる。「決め」の一秒で静止画みたいな顔をつくれるのはさすがに本職だった。人間の表情は結構不安定なものだから、意識して固定する瞬間を差し挟まないとだらしない印象になってしまう。

――皆さんご存知だと思いますが、真裏が「ザ・ニュース」さんですので、僕としてはあまり気負《きお》わずに、といいますか、いつか追いつけ追い越せできたらいいな、という気持ちで……。

――初日からそんな消極的なこと言わないように。

――あ、じゃああしたには追いつきたいと。

――いやいや、生放送だから気をつけてね！

「うわ、名前出してきやがったよ」

「やるなー」

「これ台本？」

「いや、角松さんちょっと慌ててない？　アドリブかも」

「木崎了、いい度胸してんなー」

普通、裏番組には言及《げんきゅう》しない。単純に「あ、そんなのやってるんだ」とチャンネルを変えられるといやだから。いたずらに視聴者のザッピング心を刺激する必要もないというのが常識だが、追う立場ゆえの怖いもの知らずか、ウケ狙いのバカか。

でもそれより計が驚いたのは、木崎のしゃべりそのものだった。

こいつ、何でこんなうまいの？

間《ま》、滑舌《かつぜつ》、発音、どれを取っても文句のつけどころがない。もの怖《お》じしない、というレベルじゃなくて、確実にアナウンススクールかどこかで専門の訓練を積んでいる。タレントだから事務所が通わせていてもふしぎじゃないが、ヘアサロンのカット見本よろしくふわっとセットされた茶髪（素人《しろうと》がまねしたら絶対失敗するやつ）と、甘ったるさのないしっかりした発声のギャップは、キャラクター的に成功なのかどうなのか。

ただ、単なるオシャレハイツの住人じゃないことは確かだった。芸人でも役者でもない若い男が、カメラを前にここまですらすら話すためには相当自発的な努力が必要だ。それに、これは理屈というより勘や印象に近いが、人の耳を「反応させる」声だった。

「あっ」

ＶＴＲの最中なのに、一瞬スタジオが映る。

「スイッチャー、ミスったな」

「スーパーのタイミングもちょいちょいおかしいから、初日でテンパってんだろうな」

そのＶＴＲが終わると、ＭＣが「先ほど、映像が一部乱れまして失礼いたしました」と紋切《もんき》り型《がた》のお詫《わ》びをする。そしてすかさず木崎が言った。

——信号みたいなトリオが映っちゃいましたね。

「え?」

「ああ、服だよ服」

「なるほど、うまいな……」

スタジオのミスカットはゲストのスリーショットで、衣装は偶然、赤黄青。当の三人も「ほんとだ」と顔を見合わせ苦笑し、和《なご》やかな空気になった。生放送のトラブル、しかも初日でこんなフォローがとっさにできるのは頭の回転が速い証拠だ。

エンディングまで再生が終わると、ばらばらと意見を述《の》べ合う。

「軽いね」

「スタジオのMも軽快ですし、そういうコンセプトなんでしょうね」

「うちじゃフラッシュニュース扱いの、スポーツ紙的な痴情《ちじょう》のもつれをスタジオで膨《ふく》らませてたりね」

「週末とかならこんなのも見たいかな」

「うちは、最低限の一般常識を持ってるっていう前提でのつくりだから、小難しく感じる人もいるのかなあ」

「いや、ちゃんと見てもらえば理解できるような構成ですよ」

「それは分かってるって。ただイメージっていうかさ……」

総合すると「あっちはあっちで結構面白い、が、こっちはこっちでやっていくしかない」という当たり前の結論に落ち着いた。

「ま、一日見ただけで何とも言えないな」

数字が下がれば上層部と編成からせっつかれる張本人にもかかわらず、設楽は特に危機感を抱《いだ》いていなさそうだった。狸《たぬき》なのもこういう時には悪くないと思える。下の人間が不安がらずにすむから。

「ひと口にニュースっていっても、違う人間がつくってんだから違う色になるのは当たり前で、正解なんてないけど、俺は『ザ・ニュース』が好きだし面白いと思ってる。その気持ちを共有できてるうちは大丈夫でしょう。向こうに勢いがついてきたら、フォーマット弄《いじ》れとかＣＭ位置動かせとかやいやい言われるかもしれませんが、まあ言われたら考えます。皆さん、きょうは遅くまでお疲れさまでした」

アナ部に戻る廊下の途中で、竜起《たつき》が「国江田さんどうでしたー？」と尋ねる。

「俺、あーゆーノリの番組嫌いじゃないですね。井戸端会議感があって、報道っぽくないけど『うちはこう』って開き直ってるみたいな」

「ああ……」

あくまでも優しい先輩の顔で頷いて、木崎の件に触れた。

「あの、木崎了っていう人がじょうずで驚いた」

「えっ？」

するとと竜起はその言葉にこそぎょっとしたように、突然立ち止まる。

「どうしたの？」

「国江田さん、ちょ、ちょ、こっち」

強引に腕を引かれ、すっかり明かりの落ちた番宣部《ばんせんぶ》の島にぐいぐい連れて行かれた。

「皆川《みながわ》くん？」

「や、『きれいな国江田さん』はもういいんで」

計は、すべての机の下を入念《にゅうねん》にチェックしてから「ジャイアンみたいに言うな」と押し殺した声で言った。

「切り替え早いな〜」

「うっせー。てか何だよ？」

「いや、木崎了ですよ。国江田さんひょっとして知らないんすか？　あの人、元はアナウンサー志望でしょ。うまくて当然」

「は……？」

「まじで初耳？　あー、まあ国江田さんて特例入社みたいなもんだからなー」

「裏口みたいに言うな」

「ちなみにうちの最終面接まで行ったけど駄目だったたってのも聞いてないすか？」

「え」

アナウンサー試験も局によってさまざまだが、旭テレビにおける「最終面接」とは「浮気しません」という意思確認を行うだけで事実上は内定だ。それで落ちた、ということは、よっぽどイレギュラーな事態が割り込んできたに違いなくて——社長の独断でアナウンサーに進路変更させられた誰かさんとか——……誰かさん。計はアナウンサー志望者対象の選考をされてこなかったから、どんな連中が受けにきていたのか全然知らない。

「……ひょっとして、俺が入った年？」

恐る恐る尋ねると、竜起は両手で計を指差して「デデ～ン」と効果音の口まねをする。

「国江田、アウト～」

「何でだ！」

「よそのキー局からも複数内定もらってたらしいすよ。でも旭が本命だからって断ってて。うちの上のほうも、総合職としてなら、とか、報道記者になればテレビでの露出あるからとかいろいろご機嫌は取ったみたいですけど、それはやだったのかな」

「何にしても俺関係ねーし」

こっちはアナウンサーにしてくれなんて頼んでいない。

「向こうはそう思ってないでしょー。きょうも冒頭からかましてきたし、自分を切った旭テレビに復讐してやるぐらいの意気込みなんじゃないすか」

「負け犬の逆恨《さかうら》みなんか知らねーよ」

「ま、俺も面識ないし、どういう人だか分かんないですけどね。あ、そうだ国江田さん、来月アナ部の懇親会《こんしんかい》ありますよ」

竜起が行ってしまってからも、計は暗い一角で考え込んでいた。木崎がアナウンサー志望だったと聞いて、ちょっとほっとした。素であれなら天才の域だ。でも、その志望を曲げざるを得なかった一因が自分にあると聞けば、ああは言ったものの、後味がよろしくない。

計との面接で、社長は「アナウンサーとしてぴんとくるのがいない」と言っていた。その中からひとりに絞《しぼ》ってはみたけれど、結局は慣例《かんれい》を破ってでもコース外から国江田計を選んだ。採用は「若干名」だから両方採《と》ったっていいのにそうしなかったのは、当時の木崎に魅力がなかっただけの話――と割り切れないのは、計が本当に「どっちでもよかった」からだ。ファストフードでおすすめされた新商品を買うほどの気持ちで「じゃあお願いします」と受け入れ、就活《しゅうかつ》はもういいかとそのままここに入った。そして頑張ってきたけれど、どの職種に就《つ》いていたって相応の努力はしただろう。アナウンサーだから特別にってわけじゃない。

いやでも、ほんっとーに俺、何もしてねえし知らなかったし。

向こうは何年も前から一方的に自分を知っていて、含むところいろいろあって裏番組にいるのかもしれないとか思うとちょっと気持ちが悪いのだった。計は他人を好きじゃないが、他人には好かれていないと不安だから。でも木崎がものすごくさわやかな好青年で「正々堂々切磋《せさ》琢磨《たくま》しましょうね」と思っていたらそれはそれで「うるせえ黙れ」といらつくだろう。

ああ余計な情報を知ってしまってもやもやする、皆川のアホがと八つ当たりを抱《かか》えたまま家に帰ると潮からメッセージが来ていた。

『やっと撮影終わりそう。来週以降なら平気』

計は返信を打つ。

『木崎了って、どんなだった?』

『普通の若いにーちゃん』

参考にならねえ意見だな。まあいいや、会って話そう。と思うと、だいぶ気が楽になった。一年前にはいなかったのに、今の計には話し相手がいる。『じゃあ来週末行く』と送って風呂に入り、いつもなら自分のオンエアをチェックするところだけど、その晩はもう一度「ニュースメント」を見た。二度目でもやっぱり、木崎はうまいと思った。

翌日の夕方四時、ひと気《け》のない社員食堂の隅っこにいると「あ、国江田《くにえだ》く―ん」という声が近づいてきた。今休憩中だよ、分かれよ愚民《ぐみん》。しかし即座によそ行きの笑顔で「お疲れさまです」と挨拶《あいさつ》する。

「ちょうどよかった―、アナ部行こうと思ってたとこだったの―」

どこの部族？　と訊きたくなるほどでかいピアスをぶら下げた女は、事業部の誰か、という認識ぐらいしかない相手だった。設楽《したら》と同期だった気がする。

「あのね―、ちょっと先の話なんだけど『シネナイト』のご相談」

「何でしょう」

毎週土曜日の深夜、アナウンサーが映画を紹介する十分間の番組だった。みどころのPRや監督・キャストへのインタビュ―、まあ要は宣伝枠《わく》。持ち回りで、三ヵ月に一回ぐらいの頻度《ひんど》で計にも回ってくる。

「こないだクランクアップした『キャラメルデイズ』って映画なんだけど、原作読んだことある？」

「すごく売れてる少女漫画でしたよね」

「そうそう」

読むわけね―だろ。万が一読んでても公言はできね―だろ。

「僕が読んでたらちょっと気味悪いですよね」

「そんなことないわよー、私もこの間姪《めい》っ子《こ》に借りて読んだんだけど結構面白いのよー」

どうせ、ごく一部の選ばれしスクールマハラジャがキラキラでドキドキな青春をヒャッハーしてるだけだろが。学園ものの実写って、男が皆「コスプレしてるホスト」に見えてくるのはどうしてだろうか。

「でね、夏休み公開予定なんだけど、『シネナイト』で取り上げる時は国江田くんに担当してほしいなーって。インタビューは主役ふたり」

「僕ですか?」

戸惑いの仮面の下で「冗談じゃねー」とげんなり舌を出す。お仕事とはいえ、映画とアナウンサーのイメージを合わせるのが何となくのルールになっていて、たとえば竜起《たつき》はアクションやコメディを紹介することが多いし、計はジャンルでいうとヒューマンあるいはドキュメンタリー担当だった。プライベートで観《み》てたら五分で寝落ちする自信があるやつ。

「元が少女漫画で恋愛ものなんでしょう? 女子アナの誰かに振ったほうが向いてると思いますが」

「そこを敢《あ》えて国江田くんにやってもらうのがいいかなーと思って。主人公が片思いするのが一見優しくて品行方正な委員長っていう設定だからぴったりだし! 中身は結構俺様なんだけど」

何だその背筋がうすら寒くなる設定は。

最終的にはこっちに拒否権などない、が、いつも以上に忍耐の試写会となりそうだ。原作付きならそっちも読まなきゃだし、役者の経歴や過去作のチェックも。インタビューの内容は事前にディレクターが考えて事務所のチェックを通すとはいえ、こっちの情報が空《から》っぽなまましゃべると相手にはすくなからずばれてしまう。

「取材はいつ頃になりそうですか？」

「七月ごろかな」

「分かりました、ではそれまでに勉強しておきますね」

「あと、それ絡《がら》みで一点お願いがあるんだけど」

まだあんのかよ、の意を込めて優雅に小首を傾《かし》げる（もちろん伝わらない）。

「映画のみどころが、十分に一回壁ドンがあるっていうのになる予定なの」

「へ、へえ……」

百二十分として十二回？　そんなひんぱんに壁を背にする女って何者だ。忍びか。

「でぇー……ぜひ国江田くんにも『カメラに向かって壁ドン』に挑戦してほしいなって思って！」

「え」

「草食に見える男の子が壁ドンして、こう、ときめく台詞《セリフ》をささやくのが見せ場だから。絶対、絶対いいと思うの！　制作の子たちも『見たーい！』って。うちが出資してる映画だからちょっとでも話題は多いほうがいいしねー」

「えっと……」

げんなりが顔に出ないよう表情筋の手綱《たづな》を取りつつこのアホらしいプレイを回避する方法を考える。

「壁ドンってもう流行《はや》ってないんじゃないですか？」

「そう、もう流行を過ぎて女子の定番になったの」

真顔で断言されて不覚にも言葉に詰まった。

「……あの、でも、僕一応、平日は帯《おび》でニュース読んでる身ですから、どうでしょう、あまりそういうノリの仕事は、ほかの方々が何と仰《おっしゃ》るか」

困った時の上司シールド、しかし相手は一枚上手《うわて》だった。

「あ、大丈夫～、設楽くんにはもう許可もらってるし」

根回ししてやがる。どんだけ壁ドンさせたいんだよ。

「まだ収録は先だから、国江田くんオリジナルの胸キュン台詞も考えといてねー」

何じゃいオリジナルって。いや台本に書かれた台詞言わされるよりましか？　とりあえず携帯のカレンダーの七月に「壁ドン」と記入する。こんなスケジュールありか。

——普段はまじめな公務員だったっていうんですからね。

——人の裏の顔って分かりませんねえ。

小学校の教師がこっそり副業でパチプロとして荒稼《あらかせ》ぎしていた、というニュースの紹介だった。

——でも、他人に見せられない一面っていうのは誰にでもあったりして……木崎《きざき》くんはどう？

——僕、人に会う予定がない休日の私服やばいですね。もうほんと小汚いって感じで。

——またまた。

——ほんとですって。

——はい、ではここで木崎くんの普段着がこちら。

ジャージの上下を着た写真にカメラが切り替わる。

「ふざけんな」

計は思わず立ち上がる。

「俺のほうが！　十馬身《ばしん》以上の差で！　小汚いわ‼」

「お前そこ張り合ってどうすんの？」

潮《うしお》が呆れ顔で見上げる。

「だってこれブランドもののジャージだろ余裕で天パの犬連れてお高いカフェに茶しばきに行けるだろていうかテレビで公開してる時点で矛盾《むじゅん》だろーが！」

「負けず嫌いの方向性がすげーどうでもいいな。てかもう見なくていいだろ」

ニュースから天気予報に移ったので再生を停止する。

「興味なさげだったくせに、何だかんだでお前ばりばりに意識してんじゃん」

「向こうがしてんだよ」

「あー、初日から打倒宣言されたんだっけ？　ネットニュースで見たな」

初日の視聴率はこちらが一六、あっちが一〇。はっきり言って相手にならない——今現在の段階では、だけど。何が原因で化《ば》けて人気が出るかなんて、もはやつくり手側にも予測不能だ。

「……うちのアナウンサー試験受けてたんだって」

ベッドに座り直してぼそっとつぶやく。

「え、木崎了《りょう》？」

「そう」

「ああ、どうりで、しゃべりのきれいなにーちゃんだと思った。語尾がきちっとしてるっていうか、ちゃんと区切りのある感じ。言葉の選び方もいちいち気配りがあって、人の話聞くのがうまかった」

絶賛に、みるみる眉間《みけん》にひびが入る。

「メールじゃそんなこと言ってなかったくせに！」

「長文打つのめんどくせーよ、今会って言ってんだからいいじゃん」

「ふだん、その千倍めんどくさいことばっかやってるだろ」

「だからそれは仕事だって。お前と一緒。で？」

「え？」

「まだ何か言いたいことあんじゃねーの」

「……俺と一緒の年に受けたんだって」

「へー、お前、蹴落《けお》としちゃったんだ」

「デリカシーねえな！　知ってるけど！」

潮は「何怒ってんだよ」とテレビの電源も切る。

「数千倍の競争だって前に自分で言ってたじゃん。数千分の一が目の前に現れたからどうだっつうの？　向こうだって、本気でアナウンサーやりたけりゃ次の年も受ければいいんだし。新卒しか駄目ってことはないんだろ？」

「それは、まあ……」

「アナウンサーよりタレントのほうがよっぽど理不尽な競争に揉《も》まれてんだろーし、俺が見た限りじゃ楽しそうに働いてるみたいだったけど？」

自分だって傍目《はため》にはつらつと仕事しているだろうからその評価はあてにならない。でも潮の言葉でだいぶ安堵《あんど》した。

「別に気にしてるわけじゃねえけど、皆川《みながわ》のアホが復讐したいんじゃないか的なこと言うから」

「そうやってまじに取るから面白がって言うんだろーよ」

「取ってねえってば……もーいーよ木崎の話は！」

「いや百パーそちらから振ってきましたよね」

「じゃあ話変える。おい、いい壁ドン考えて」

「は？」

自分に課せられた試練を手短に説明する。もちろん隠しておきたかったがどうせこの情報化社会、どこから潮の耳に入るか分かったもんじゃないし、黙っていたのがばれて忘れた頃にネタにされたりしたらいっそうダメージは深くなるので、オープンにしておくことにした。何て戦略的なんだろう俺。国江田計の計は計算の計だよ。

「お前、ほんと仕事選ばねえな。感心するわ」

「俺以外の愚民が選んでんの！　とにかくいい壁ドンよこせ」

「いやいや、お仕事なんだから自分で考えないと。楽しみだなー国江田アナの壁ドン。ときめきすぎて妊娠しちゃったら責任取ってもらおー」

「死ねっ」

やっぱり言うんじゃなかった。足を蹴《け》りつけようとすると潮はひょいとよけてベッドの上に乗せる。そしてそのまま壁の方へと後ずさっていった。

「ほら、練習させてやるから」

「れんしゅう〜？」

あからさまにうさんくさい申し出に警戒心ありありの顔をすると。

「うわ、ぶっさいくだなー」

「俺が不細工なら人類の九十九・九九九％はド不細工だろーが!!」

あれ？　それでも七千人ぐらい残るか、多いな。ゼロひとつ多い。

「はいはい、お仕事なんだろ？　国江田さんは完ぺきがモットーなんだからやりきらなくっちゃ。恥ずかしいんなら無理にとは言わねーけど、家でひとりでリハすんのも空《むな》しくね？」

それは言える。計は潮の脚を膝立《ひざだ》ちでまたぐと顔の両横に手をついた。こうでいいんだよな？

そんでどきっとするような気の利《き》いた台詞だろ、好きとか愛してるとかのありふれた定番じゃなくて、壁ドンだからちょっとオラオラっぽいほうが女は喜ぶはず……よし。計は潮を見下ろして口を開いた。

「……ちょっとその場で飛んでみ？」

「七点」

潮は眉ひとつ動かさず酷評した。

「何でカツアゲしてんだよ」

「チョイ悪《わる》」

「悪いの意味が違うわ。職業にちなんでみるとかは？　アナウンサーならではの殺し文句、ねえの」

「……よし、できた」

「はえーな。はい、どーぞ」

軽く咳払《せきばら》いして、喉《のど》を作り。

「君の最寄《もよ》りのインターチェンジの渋滞情報、内緒で教えてあげようか」

「五点」

ため息。

「やる気あんのか？」

「何でだよ嬉しいだろ」

「全然。もうさ、小細工《こざいく》せずにストレートに『好き』って使え」

「そんなつまんねーの、Vとして成立しねーよ」

「じゃあナントカだから好きとか好きだからどうしたいとか、あるだろ」

「分かった」

「ほんとかよ。じゃあテイク3、スタート」

「最近はクリーミーなプリンばっかりちやほやされるけど、俺はみっしり固いほうが好きだよ」

「三点。無駄にいい感じでしゃべるのがますます腹立つ」

「待てよ、これプリンに引っ掛けて相手の女褒《ほ》めてんだよ、高等テクだろ！」

「二点」

「ていうかさっきから五点とか二点とか、それ十点満点の話だよな」

「バカ言ってんな図々しい、二万点満点だよ」

「どんだけ低評価!?」

「お前、実は女ともつき合ったことないんじゃねえの」

「何だと」

「普通の口説《くど》き文句も思いつかないってどうかしてるし」

「そんな小手先《こてさき》の技法はいらねーんだよ」

適当に状況さえセッティングしてやれば、向こうが勝手にテンション上げてすべてをロマンスフレーバーで味わってくれるのだから。そうだ、心動かされない潮の感受性がどうかしてるに決まっている。

「へ〜」

「何だよそのバカにしきった反応。どうせお前は『不器用ですから』系に見せかけて小器用だから口先でこましてきたのかもしんねーけど！」

「何言ってんだか」

潮が計をまっすぐ見上げて笑う。

「俺みたいに引きこもってちまちま仕事してるだけの男と真剣につき合ってくれるのは国江田くんが初めてに決まってんだろ？　……だから優しくしてよ」

壁についた手首にするっと指を引っ掛けてくる、そのしゃあしゃあとした仕草に「む」と計は言った。

「――…………っかつく～!!」

「何で」

「しれっと大嘘つくな!!」

「いやそれお前のことだからね」

「うっせえ」

おかしい、壁ドンしてるのはこっちなのに一瞬だけどときめかされて歯ぎしりしたくなる。世界をちいさくちいさく区切るように腕で囲いをつくって、そのまんなかにふたりきりで。ちょっと潮が顔を寄せてきたら、すぐキスできてしまう距離。

「ん……」

くたびれたトレーナーの袖口《そでぐち》から一気に手が忍び入り、肘《ひじ》の丸い骨を楽しむように撫《な》でる。何でもないはずのところなのに、皮膚の下の硬さをまさぐる指先にぞくぞくさせられる。

しかももう片方の手は裾《すそ》を捲《めく》って腰の後ろの溝《みぞ》を行き来したかと思うと下着の中にまで入ってその下を窺《うかが》おうとした。

「あ、待て、バカ」

まだ乾いて頑《かたく》なところに触れられ、気持ちは逸《はや》っても身体の準備ができていない。

「分かってるよ。計、あれ取って」

「何で俺が」

「お前のほうが動きやすいだろ、体勢的に。なに、今さらローション持ってくんのが恥ずかしいって?」

こうやってからかう時の潮は、ことのほか楽しそうなのが悔しい。

「うるせーな取るよ百本ぐらい取ってやるよ」

「どんだけぬるぬるになりたいの?」

片手を目一杯伸ばしてヘッドボードにしまってあるボトルを取り出し潮に向き直ると、胸の下に手のひらが突き出された。

「出して」

「……どんくらい」

いつも潮の裁量《さいりょう》で気づいたら進んでいるプロセスなので適量が分からなかった。

「お前の好みでいいよ」

それが困るっていうのに。仕方なくキャップを取って逆さに向けると、たらりと水泡《すいほう》を含んで粘《ねば》る潤滑剤《じゅんかつざい》が潮の手のひらに垂《た》らされる。自分ですると、潮を汚してしまったみたいでちょっと興奮した。

浅く溜まったそれを指先へと流しながら潮は「いつの間にか真冬ほどつめたくねーな」とつぶやく。こんなもので春の訪《おとず》れ感じるって、どうなんだか。

「ほら」

「あ……」

濡れた手がもう一度、ぬめりでもって背後をまさぐり、ちいさな口を馴らそうとする。

「ほら、前よりぬるくね？」

「分かんねー、よ……っ」

潮とするセックスは、発熱しか覚えていないのだから。

「んん……っ」

潮の首に両手を回し、息を詰める。指一本、の半分ぐらいまで内部を探られた。性感に目覚めていないそこをゆっくり撫で回される。その都度《つど》指と、指が拡《ひろ》げるふちのところでローションがぬちぬち音を立てるのが分かった。これからの行為に肌はざわざわ期待しているけれど、ほかの前戯《ぜんぎ》なく刺激されるとやっぱり異物感が半端《はんぱ》ない。ここでどうやって気持ちよくなってんだっけ、とふしぎになる。

「計」

潮が目線で求めるから、もう一度キスをした。さえずり合うように繰り返しくちづけをかわし、互いの唇がじょじょにやわらかくほとびていくのを互いの唇で知る。

「ん、ぁ」

上の口をあやされて、飴玉《あめだま》が溶けるように下半身の違和感もなくなっていった。

「んー……」

舌が、まっすぐ差し入れられる。そして計の口内で遊んでいなくなったかと思えば、またやってくる。その動きが、後ろをまさぐる指とそっくり同じだと気づいてかあっと耳が熱くなる。身体の上下で出して、抜いて。浅く、深く。舌のつけ根がしびれて、指が届くよりもっと奥がうずうずし始めた。ローションはもうすっかり体温と変わらない。こんなに舐めたり絡《から》めたりあれこれ使っちゃって、休み明け滑舌《かつぜつ》悪くなったらどうしよう。舌先を潮の前歯でがぶがぶ噛《か》まれるたび、果汁みたいな発情が浸《し》み出《だ》してくる。

「は、ふ……っ」

下から上へと内壁を逆撫《さかな》でる指の動きにすこし怯《おび》え、たくさん感じた。

指の腹で、体内に埋《う》まっている快楽のありかを強く圧《お》され、計はうんと背中をしならせた。

「あ、あ、やっ」

人の手から逃げたがってもがく猫みたいな動き、でも望みは正反対だ。もっとして。潮は片腕を計の腰に回してぐっと引き寄せると、希望を叶えてくれる。

「んっ、あぁ、あ……っ！」

見えない導線が火花を伴《ともな》って繋《つな》がり、何も施《ほどこ》されていない性器が勃《た》ち上がっていく。指を二本くわえて息づく粘膜《ねんまく》は、もうさっきの強張《こわば》りなど忘れた。こうなると、ここで気持ちよくならない自分のほうが信じられない。

「あっ！」

強くこすられ、背骨がぶるぶる波線《はせん》になるのが分かった。体重を支えるのが難しくなり、膝立ちの角度がぐっと狭《せば》まる。するといっそう深く潮の指を飲み込んでしまい、思わず喉を反《そ》らした。

「やだっ、も、そこ、触んな……」

「指抜けってこと？」

言葉の意味なんて分かっているくせに潮が尋ねる。

「違くて——あ、あっ、やっ」

ぐりぐり刺激されて、ひくりとした蠕動《ぜんどう》が指先まで引きつらせた。腰が下がったぶん、潮の顔はほとんど同じ目線で至近距離にある。隠すこともできないその近さが恥ずかしくて計は目を伏せた。またこんな時ばっかり甘ったるい顔してやがって、バカ。見たいのに正視できない。

「こっち見て」

「やだよ、バカ……っ」

「俺も恥ずかしいから心配すんな」

「嘘ばっかつくな！」

「ほんとだって」

「あぁ、や……」

内部の従順を確かめるようにかき回され、いやというほどローションにまみれたそこは卑猥《ひわい》に鳴ってみせる。まぶたにかかる潮の息が熱くてまつげがちりちり焦《こ》げるかと思った。

「おまえ」

火みたいな吐息と一緒にささやく。

「きれいな顔してんなあ」

「よく言う……っ」

不細工呼ばわりされた屈辱《くつじょく》は忘れない。

「いや、ひっでえ顔だなーって思う時も本音なんだけど、今もまじで」

喜んでいいんだかどうなのか。

「……お前って、ほんとにふしぎだよ」

それは計の台詞だ。こんな面倒な人格を「面白い」という理由でまるっと許容しているし、心だけじゃなく計のなかにこんなふうに入り込み、計を変えてしまう。何なの、お前。その疑問は死ぬまで晴れないだろう、晴れなくていい。

「計、腰上げて」

膝をもう一度立てさせると、下着ごと服をずり下ろす。露出させられた性器はすっかり張り詰め、後ろから指を引き抜かれた刺激にも血管を太くした。潮もジーンズの前を寛《くつろ》げて同じように昂《たか》ぶったものをあらわにすると「もっぺん」と言う。

「座って、このまま。もう挿《はい》るから」

「んっ……」

「ゆっくり、な」

なかを好き放題弄《いじ》っていた指が、周辺の密な皮膚を拡げて結合を助ける。そこが潮の先端に触れると、慣れない体位も手伝って熱さと硬さに怯えた。

「あ、や、こわい……っ」

「大丈夫だよ、いっつもしてるだろ?」

「やっ」

「痛いことしないから」

興奮を帯びたままの性器を軽く扱《しご》かれると力が抜けて脚がコンパクトにたたまれてしまう。

ぐっと食い込んでくる、指とは全然違う濃厚な欲望。

「あぁ……!」

「きもちーな、お前の身体。もっと奥までいかせて」

「あ、あ、あっ」

膝の裏に溜まった汗が気持ち悪いはずなのに、潮と交わってぬるぬるしたりどろどろしたりべたべたしたりするのが、計はちっともいやじゃなかった。いろんなものにまみれて汚れる反面で裸の心が洗われていく気がする。何重にもかぶっている仮面を残らず脱ぎ捨てて。

「あぁ、あっ……潮……」

「——ああ、ほら、挿った。気持ちいいだろ?」

「うん……っ」

内部の侵食《しんしょく》を思い知らせるように、尾《び》てい骨《こつ》を撫でられる。潮の興奮を丸ごとくわえたまま嚙みつき合ってキスをした。身体の奥で互いの火がひとつになって燃える。

「ん、あ、っ……」

「もう落ち着いた?」

首に巻きつけていた両手をほどかれ、壁面《へきめん》に誘導される。

「なに——」

「ほら、頑張って自分で動いてみな」

「やだ」

「何で」

「め、めんどくさい……」

「……そんな堂々とマグロ宣言すんな」

「だって」

誰のせいでこんなに全身ふにゃふにゃだと思ってんだ。

「ほら」

密着した下肢《かし》を軽く揺すり上げられ、いつもより深い場所で快感が弾《はじ》ける。

「や、あぁっ……」

「……計、動いて」

ああもうそんな声出したら俺が何でも言うこと聞くと思ってんだろ？　そのとおりだよバカ。

「んん、ん……」

ざらついた壁紙にすがるようにゆっくり腰を持ち上げれば、ずるりとこすれながら潮を失っていく感じに身悶《みもだ》えそうになる。そして息を吐きながら逆の動作をするとまた潮で満たされて、恍惚《こうこつ》と官能が髪の毛の先まで伝わった。

「あ、っ、ああ……」

大きくは動けなくて、小刻《こきざ》みに上下するのが精いっぱいだったけれど短いリズムで次々撃ち出されるちいさな弾丸みたいな欲情は身体の最奥《さいおう》にどんどん蓄積して性器を漲《みなぎ》らせる。

「あぁっ……！」

弱いところに自分からこすりつけてしまい、思わず壁から手を離す。潮はその手首を支えてぐっと押しつけた。

「いいな」

「なにが……っ」

「俺限定の壁ドンってことで」

いやこれもはや全然壁ドンじゃねーだろ。

「だってお仕事とはいえ、不特定多数にそーゆーサービスされんのはいい気しねーよ」

「ばか……てか、も、ほんとむり」

「嘘、ちゃんと腰動いてんじゃん」

「やーーやだ」

「計」

「く、くっつきたいから、お前がしろよ」

額《ひたい》をぶつけて（勢いを誤《あやま》った）訴《うった》えると、潮は「いて」と言った後で「あーあー」とぼやく。

「萎《な》えるような台詞平気で言うかと思えばうまいんだよな」

「お前と違って嘘じゃねーぞっ……」

「うん」

笑ってねえで否定しろよ。

「あぁっ……！」

計の腰に移動させた手でぐっと挿入を深くすると両脚の内側から強引に膝を掬《すく》い上《あ》げ、抱えてしまう。

「あ、あ、だめ、あぁ……っ！」

自分ではできないやり方で強く抉《えぐ》られ、膨《ふく》らみきった発情が精液を噴き上げる。

「んっ、あ、あ、待って、や」

「無理」

短く無情に言い捨てて潮は激しい律動を始めた。

「ああ、あっ、や、あぁっ、あ……」

いったばかりでたて続けに刺激されて苦しいのに、つながったところは早くも射精の余韻《よいん》から次への貪欲《どんよく》でひくひく潮をすすっている。

「ああっ……」

「やっぱこれ、動きづらいな。……もどかしい」

思うさま揺さぶったかと思うと、潮は突然前に体重をかけて交わったまま計をシーツに押し倒した。

「やぁ……！」

いきなり体勢を変えられ、なかのものはごりごり計を苛《さいな》んだ。

「んん……っ、あ」

さっきよりずっと大きな幅で腰が浮き上がるほど突き込まれ、結合部はとろけそうなほどねっとり挿入に絡みつく。潮の硬い性器に次々掘り当てられる快楽。

「あ――あ、や、落ちる」

ベッドの横幅しか猶予《ゆうよ》がないので、頭がはみ出して宙に遊ぶ。現実離れした性感に身体じゅう犯されて、床よりずっと遠く、果てのないところまで真っ逆さまに落ちていく気がする。潮の二の腕にしがみついた両手を首までひっぱり上げられた。

「くっつきたいんだろ?」

「うん……っ」

かじりつくようにしがみつき、どこもかしこも潮でいっぱいになり、最後の飽和《ほうわ》を待つ。潮も計をしっかり抱きしめて、ぐっと内腑《ないふ》に割り入った。

「あ、ああ、あっ……!!」

「――ん……」

どくどく響く鼓動がすっかり鎮静《ちんせい》するまで、石になったみたいに抱き合っていた。

アナ部の飲み会は「U30親睦《しんぼく》」名目《めいもく》で、うざいおっさんたちが絡《から》んでこないだけまだましだった。

「──で、そこのプロデューサーに『私も出たいですぅ』ってしなだれかかってたんだって〜」

「うわ、ないわー」

「ほら、同期がプロ野球選手と結婚決まったから焦《あせ》ってんじゃない？」

「一発逆転ってあのことだよねー、それまではラジオの仕事ばっかりって明らか見下してたもん」

ま、くだらないことに変わりはないけど。同業者のゴシップ、セクハラパワハラなど要注意ディレクターの情報交換、互いのダメ出し、どれをとっても興味ないこと山の如《ごと》しだよ。それでも二回に一回は仕事上の義務として出席するようにしている。

「えー、それぐらいでレギュラーもらえるんなら私もやるー。『ザ・ニュース』に出たーい」

同期の女にもたれかかられた竜起《たつき》が「はいむり〜」と案外冷淡にその頭を押し返した。

「俺じゃなくて設楽《したら》さんか麻生《あそう》さんに言わないと」

「だって女子成分足りなくない？」

「お天気キャスターいるじゃん」

「ラストにちょっと出てくるだけでしょ！」

女子アナをレギュラーで置かないスタイルには、麻生の意向が強い。「ちゃんとしゃべれる人間なら使うけど下手《へた》くそばかりだから仕方がない」といういたくシンプルな理由で。相づちを打つだけのきれいな置き物は不要らしい。

「かわいい画《え》が欲しかったらスタジオで猫でも飼うかっつってたよ。たま駅長的なノリで、猫プロデューサー、ありじゃね？」

猫以下、と間接的に言われてしまったほうは「そんな余裕ぶってさー」と唇を尖《とが》らせた。

「『ニュースメント』やっぱにぎやかで楽しいもん。今週だっけ？　十五超えたんでしょ。見てても勢いあるーって感じ」

「でもうちが極端に下げてるってわけじゃないよ」

うるせえほっとけ、と思いながら計《けい》はやんわり口を挟んだ。

「各局ちょっとずつ数字取られてるって感じで、半年一年経《た》ったらどうなるかは分からないけど」

「でも数字いい割に現場の空気イマイチだって聞きましたよ」

と、もうひとり会話に加わる。

「えーなになに、演者《えんじゃ》がめんどくさいとか？」

「いや、裏方。総合Pが制作出身なんであの軽めのノリでしょ、報道側のスタッフとはあんま仲良くないって。報道サイドからすると、ニュースにバラエティの色あんま持ち込んでほしくないけど、それで数字上がってんだから文句言えないみたい」

「あーでも分かる、ジパングの報道の人たちって何か妙にすかしてんだよね」

「もともと制作とは伝統的に仲悪いらしいよ。報道なんか数字も取らないくせにテーマだけご立派な自己満足の取材で予算食いやがってって。だからまあ、両者歩み寄りみたいな意味もあって番組立ち上げたら今まで見下されてたバラエティ班が逆襲って感じ?」

その時、計の背後から声がした。

「へえ、そうなんですか」

振り返ると、居酒屋を半個室に仕切る衝立《ついたて》の上にテレビで見る顔が乗っかっている。


「あっ、木崎了《きざきりょう》だ!」

竜起が真っ先に反応する。

「本物?」

「たぶん」

画面を通して見るのと寸分たがわないやわらかさで木崎が笑う。そして計と目が合うと「すみません」と恐縮《きょうしゅく》した顔になった。

「ふたつ手前の席で飲んでたんですが『ニュースメント』って言葉が聞こえたんでつい……あ

の、旭《あさひ》テレビの皆さんですよね。今、噂のスタッフもいるんですけど、ご一緒させていただいても？」

「あ、いっすよー。そっち何人ですか？　全部で六人？　じゃあテーブル一個くっつけてもらいますね――すいませーん！」

竜起は店員を呼んでから「いいですよね？」とメンバーに確認した。順番が逆だろーが。

「もちろん」

ああめんどくさい展開になった。しかしおくびにも出さず愛想《あいそ》よく請《う》け合《あ》うと「どうぞ」と木崎に促《うなが》す。

「ありがとうございます、じゃあ呼んできますね」

思いがけず混成のメンバーで改めて乾杯すると、「スタッフ同士険悪《けんあく》ってまじですか」と早《さっ》速《そく》突っ込んだのはやはり竜起だった。

「えー？　それ初対面で訊《き》く？　旭のアナウンサーすげーな」

「いやいやほら、こういう席ですから、ねっ」

「そんな、別にさあ……」

木崎は計の隣で、楽しそうに烏龍茶《ウーロン》を飲んでいる。テレビではあまり映らない横顔をさりげなく見やり、系統的には俺と同じなんだよな、と思った。似ているとまではいかないが大別《たいべつ》すると同グループになるから、最終決定にあたってどちらかを落とす必要があったのだろう。共通した雰囲気のアナウンサーをふたり採《と》っても無駄だ。

「きょうは、どういった集まりなんですか？」

横顔が計のほうを向いて尋ねる。

「理由があるわけじゃないんですが、若手アナウンサーの飲み会ですね。春の改編《かいへん》もやっと落ち着きましたし。そちらは？」

「あの、ちょっと恥ずかしいんですが……十五超えた打ち上げを、ごくごく内輪で」

「ああ……どうして恥ずかしいんですか？」

「まだまだ『ザ・ニュース』さんに追いつくところまでいってませんから、浮かれていると思われるかなと」

追いつく？　始まって一ヵ月程度のくせに生意気、といらっとしたが「そんな」とちょっと目を瞠《みは》ってみせた。

「勢いがあるって、さっきも皆《みんな》で話してたんですよ。あ、聞いてたんですよね」

「すいません。でも嬉しかったです。僕こそ『ザ・ニュース』さんから学ぶことが多いので」

「ああ、じゃあ気合入れて頑張らないと」

あーもうやだ。この白々《しらじら》しいやり取り。早く帰りてえ、ていうか皆川《みながわ》のドアホ。とはいえ竜起が応じなくても誰かがOKしたに決まっているのだ。同じ演者でもアナウンサーは会社員、「タレントさん」は外部の事務所の人間だから、こっちは「局の一員」として接しなければならない。

「……何か召し上がりますか？」

メニューを差し出したが、木崎はじっと計の顔を見ている。

「あの」

「あ、すみません、歯並びがすごくきれいだなと思って」

え、と不穏《ふおん》な予感に笑顔も曇《くも》りそうになる。何だこいつ、気があんじゃねーだろな。もう男はお腹いっぱいだぞ。

「そうですか？　ありがとうございます。でも、木崎さんのほうこそ——」

寒い。寒すぎる。髪型やら化粧褒《ほ》め合う女子会かよここは。しかし木崎はにこにこして言った。

「あ、僕インプラントなんで」

「え？」

唇をうすく開き、爪の先で前歯を軽く叩いてみせる。確かに整いすぎて人工的ではあった。

「歯並び自体は矯正《きょうせい》してたんですが、ちょっと歯の大きさが不揃《ふぞろ》いで。それでもう前歯は上下とも総インプラントにしてもらいました」

「それはまた——」

計は、不覚にもその次のコメントを用意する前に口を開いてしまった。大変ですねとか言ったらすげえ上からっぽいよな、どうしよ。しかし木崎は気にするふうなく続ける。

「アナウンサー志望にはちょいちょいいますよ。僕の場合、舌も手術したんでそれは珍しいかもしれませんけど」

「舌？」

「滑舌《かつぜつ》があまりよくなかったので、裏側の、舌小帯《ぜつしょうたい》っていうのを切除《せつじょ》してもらったんです。劇的に効果があったわけじゃないですけど、たぶん気持ち的なものも手伝っていくらかは改善されましたね」

「じゃあ顔面も手術してそんなイケメンなんですか？」

そんな質問で堂々と割って入れる竜起をちょっとだけ尊敬した。

「それならもっといい顔になってますよ」

木崎が苦笑する。

「またまた～。ところで木崎さんって俺の先輩になってたかもしれないんですよね」

おいその話題触んな、ややこしそうだから。計は内心で焦る。

「そうですね、まあご縁がなかったということで。国江田《くにえだ》さんは初鳴《はつな》きから『今年の旭は逸材《いつざい》だ』って評判でしたし」

そう言われるのは自分のはずだったのに、と思ったことはあるんだろうか。想像すると若干《じゃっかん》怖い。適度な羨望《せんぼう》は気持ちいいけどガチの嫉妬は遠慮します。

「次の年受けたら通ったんじゃないすか」

「どうでしょう」

木崎は曖昧《あいまい》にほほ笑んでから「気が抜けてしまって」とつぶやいた。

「子どもの頃からアナウンサーになりたくて、特に旭テレビさんが好きだったんです。アナウンサーにも各局の色ってあるじゃないですか。僕は旭がよくて、高校時代にモデル始めたのも、採用の時有利になるかもしれないって思ったからです」

騒がしい飲み屋で、張り上げているわけでもない木崎の声はふしぎとはっきり通る。やめろ、プロの声と話し方でそんなしんきくさいエピソードを俺に聞かせるな。

「それで、すっかり通ったつもりでいたので、不採用と電話で言われた時は真っ白になって……来年、っていう気力が湧《わ》いてきませんでした。もし来年また落ちたら、と思うと怖かったし」

そこで取《と》り繕《つくろ》うように明るく「でも、今の仕事も好きですから」と言った。

「こうしてニュースに携《たずさ》われるようにもなりましたし。それに国江田さんは本当に上手《うま》くて、社長に見出《みいだ》されるのも当然です。天才っているんですね」

「いえ、そんな」

「国江田さんはアナウンサーって言われて、どうでした？　どうして受け入れる気持ちになったのかお訊きしてもいいですか？」

「え——」

「おしっこー‼」

突然、竜起が叫んだ。

「トイレ！　国江田さん、トイレ！」

「ちょっと、皆川くん」

「どーした竜起ー」

「酔っ払ってんの？」

「早く早く、漏《も》れる漏れる」

「駄目だよ、ほら、立って」

ジョッキで脳天《のうてん》ぶち割ってやりたかったが、かいがいしく背中を支え、店の一番奥にある「紳士」の扉を開けてやると竜起は急にしゃんとして計を引っ張り込み、個室の鍵をかけた。大きな洗面台がついた広めの造りなので、男ふたりでも狭苦しいということはない。

「おい」

「ちょっと、しっかりしてくださいよ先輩」

まったく酔ったそぶりなく、壁にもたれて腕組みする。

「は？」

「さっきから木崎了に萎縮《いしゅく》してちいさくなってるでしょ。向こうがこっちライバル視してんだし、きょうの飲み会だってうちのアナ部の誰か経由で情報集めてここに来たのかもしんないですよ、気圧《けお》されたら思うつぼ」

「……どうしろと？」

「猫ばっかかぶってないで反撃したらいいじゃないすか。僕天才だからその気もないのに通っちゃいました～って超絶笑顔で言ってやりましょうよ、仕留めましょうよ、エア・ケイで」

「それ違うケイだろーが」

「なーんか、いつも以上におとなしくて気ぃ遣ってる感じ、見ててつまんない」

「別にお前を楽しませる義務ねーし……ていうか俺は嫌いなんだよ」

「何が」

「……痛い話が」

ホラーもスプラッタも平気だが、現実的な痛覚で想像してしまうジャンルは鳥肌が立つ。

「なのに前歯総取っ替えとか舌切ったとか……耳の奥がキーンてするんだよあの手の話」

「え、でも国江田さんも処女失った時は痛かったんでしょ？」

「今すぐ死んでくれ」

「俺がじいちゃんちで風呂入ってる時、浴槽《よくそう》の蛇口《じゃぐち》で背中ざりざりーってこすって湯船赤くした話聞きます？」

「やめろ、ていうか一部始終言ってんじゃねーか！」

「そういえば昔グラビアアイドルの卵とつき合ってましたけど、その子も細くなりたいからって肋骨《ろっこつ》一本抜いてましたよ」

「信じらんねー……」

「あの時あれをしておかなかったから夢が叶わなかったって心残りがいやなんでしょ。結局売れなかったけど、高級会員制ジムの受付になって金持ちと結婚したから幸せっぽいです。あの人もタレントとして人気なんだから満足っしょ。俺には関係ないって国江田さんが言ったんじゃないですか、負《お》い目感じる意味が分かんない」

このあっけらかんとした割り切りが、計にはない。以前こいつに言われた「悪者になる度胸なさそう」という指摘はむかつくけど当たっている。

「そういやお前こそ、友達のつき合いで受けに来たようなこと言ってたな。今でも交流あんのか?」

「ふつーに友達ですよ。まあ向こうも熱烈にアナウンサーが目標ってわけじゃなかったんで。別に恨まれても気にしませんけどね。本気度とか努力が必ずしも結果と結びつくわけじゃないって、三回合コンに出たら悟《さと》れますよ、だから国江田さんも合コン行きましょうよ。人生の教訓が全部詰まってますから」

「行くか」

竜起が出て行った後、壁の鏡を覗き込む。自分にうっとりするほどお花畑じゃないが、この顔に不満はない。よっぽど奇特な好みの人間でない限り、誰の目にもよくできた造りに映るだろう。本音かどうかはともかく木崎が褒めたとおり歯並びもすばらしい。

ただそれはＤＮＡの配合の妙によるもので、計が勝ち取って得たわけじゃない。精子が着《ちゃく》床《しょう》するまでのシビアなレースに勝利したとも言えるが、それは皆同じなわけで。

竜起の言い分は正しい、というか普通だ。思い入れや頑張りを何もかも汲《く》んでいたら社会なんて成り立たないし、例えば、もしもだけれど、「二十年前から潮のことが好き」なんてやつが現れて食い下がってきたとしても、そんなもん知るかって話だ。どっか行け。

でも、木崎のあの目。「どうでした？」と訊いてきた時の。顔も口調も柔和《にゅうわ》なのに、細く尖って突きつけてくるような問いだった。

自分が何年も何年も夢見て努力して叶わなかった場所に、お前はどんな気持ちであっさり立っているのだと。計は立場に甘えてぬくぬくした覚えなど一度もないし、努力ならそれこそ多方面で人五倍ぐらいはしてきた。一部の強引な方針で自分が採用されたのは事実として、それが間違いだったと言う人間は社内にひとりもいないはずだ。「なりたくてなった」連中にも「なりたくてなれなかった」その他大勢にも舐《な》められたくない、その一心でちゃんと頑張ってきたし結果も出してきた。

けれど、鏡の中の自分にどれほど理屈で言い聞かせても気持ちは晴れなかった。計は私用の携帯を取り出し、番号を呼び出す。

『もしもし』

すぐ母が出た。

「俺だけど」

『なーに？　また何か送れって話？』

「いや違くて」

『何よ』

「えーと……」

『ねえ急用じゃないなら後にして。謎解きいいとこだから』

土ワイに負けるひとり息子の声。

「かーちゃん！」

『はいはい』

「……は、歯並びよく産んでくれてありがとう……」

こっぱずかしくて語尾は消え入りそうだった。電話の向こうが一瞬静かになり、ぱり、ともものをかじる音だけが聞こえた。何食ってんだよ。

『……なるほど、あの事故がきっかけでねえ……』

「おい！」

『聞いてるわよ、動揺しちゃったじゃないの。ひょっとするとへんなキノコでも食べたせいかもしれないけど、どういたしまして。太田胃散《おおたいさん》送ろうか？』

「食ってねえよ」

『残念ながら中身のほうは力及ばずでごめんなさいね』

どういう意味だ。気の迷いで電話なんかかけたのを後悔した。


「ニュースメント」が「ザ・ニュース」を初めて抜いたのはそのGW明けの週だった。出勤してアナ部のデスクで視聴率をチェックすると16・1と14・9。占有率《シェア》でも負けている。

ああ、きのうのシングルファーザーの特集面白かったもんな。家庭を持つ層に受けたということだろう。計はすこしだけほっとしていた。パソコンでデータを呼び出すまでの短い間に、きのうは負けたかも、とささやかに緊張する日が続いていたから。避けたかったXデーなのにいざ来たら負《ふ》の洗礼がすんで気楽になっている。そして、どうでもいいはずがいつの間にか意識させられている自分に腹が立った。スタッフルームでも最近は「ニュースメント」の話題ばかりで、聞きたくなくても耳に入ってくる。

——設楽さーん、向こうの追い上げやばいっすよ、何か対抗策ないんですか？

——そうだなー、よし、星占いのコーナーでも始めるか。夜番組で星占い、もうすぐ日付変わるけどあくまで「きょうの運勢」、新しいだろ？

——だーれも興味ないすね。

いつまで冗談としてネタにしていられるだろう。

「国江田、昼まだか？」

と麻生が近づいてくる。

「はい」

「じゃあたまには一緒に食おうか」

後輩の育成にも後輩との交流にも基本的に興味を示さない男からの稀《まれ》な誘いに、アナ部全体が声なくざわめくのが分かる。もちろん計も面食らった。

「はいはい、俺も行きます！　寿司か焼肉かラーメン、寿司か焼肉かラーメン！」

おっと、声を上げるバカもいた。

「竜起はいいよ、うるさいから落ち着かない」

「えー」

それにはまったく同意だが、うるさいのがいないと逆に間《ま》が保たないじゃないか。もっと食い下がれよアホ川。

「店、俺が決めていいか？」

「はい、お任せします」

連れて行かれたのは会社から十分ほど歩いた路地裏にあるこじんまりしたそば屋だった。ランチタイムはとうに過ぎて「準備中」の札が下がっているのに構わず麻生は引き戸に手をかける。

「こんにちは」

「はいはい、いらっしゃいませ」

腰の曲がったばあさんが心得たふうに奥のテーブルへと促《うなが》す。行きつけなのだろう。麻生はもりそばを頼んだ。

「胃の手術してから一度にあまり食べられないんだ。しょっちゅう小腹は空《す》くんだけどな。国江田はどうする？」

「では天ざるをお願いします。……体調はいかがですか？」

「定期的に病院に行くぶん以前よりいいよ」

「そうですか」

アナ部の部会や放送用語研修会といった当たり障りのない話をしていると、やがてふたりぶんのそばが出てくる。麻生は割り箸《わばし》を取りつつ「ジパングの社内な」と言った。

「畳《たたみ》一畳《じょう》ぶんぐらいのポスター貼ってあるらしい。『「ザ・ニュース」に勝利!!』って」

「……それは、すごいですね」

「俺も現物を見たわけじゃないから一畳は大げさなのかもしれんが、わざわざくす玉発注してスタジオで割ったって話もあるな」

「上り調子ですもんね」

抹茶塩《まっちゃじお》と大根おろしと上品なつゆでいただくさくさくの天ぷら、もちろんおいしいです、でも俺は衣のぽったりした惣菜《そうざい》的なやつをソースとマヨネーズでどろどろにして食べたい……という欲望は心の地下室に幽閉《ゆうへい》しておく。

「国江田はどう思う？　あの番組」

麻生に差し向かいで質問されるのは、へたな面接より身構えてしまう。計は「個人的には面白く見ています」と答えた。

「軽い感じをどう捉《とら》えるかは好みの問題だと思いますが、演者が自由に発言していますし、のびのびした雰囲気なんだろうなと」

飲み会で聞いた噂が本当かどうか分からないが、すくなくとも画面からはスタッフ間の確執《かくしつ》など見えない。だったらそれは「ない」のと同じだ。

「自由、ね」

麻生はじれったいほど少量ずつそばをすすっている。

「テレビにおける『自由』ほど危なっかしいものはないぞ」

「え？」

「たとえば、男関係の派手な水商売の女が殺されたとする」

昼下がりのそば屋で話すにはおよそ似つかわしくない喩《たと》えだった。

「自業自得《じごうじとく》じゃないのかって思うやつはいるだろう。リスクの高い生き方をしてるからそうなるんだってな。でも俺たちはもちろんオンエアでそんなこと言わない。うちがコメンテーターとして呼ぶゲストも言わない。分かりきってたとしても水商売は『飲食店勤務』だし、男関係は『交友関係』だ。テレビってそういうもんだろう？」

「はい」

「でも『ニュースメント』は違う。『男友達がたくさんいらっしゃったようですしねえ』なんてコメントを平気で言わせる。その発言の裏は誰が取ったんだ？　現場踏んで聞き込みしてるでもない評論家が、新聞やネットの二次情報を無責任に言い散らかすのはありえない。テレビの向こうでかわす会話のノリを放送に持ち込んで、やっぱりねえなんて共感得て数字を取ったからって何なんだと思うよ」

　放送の世界でおよそ二十年走り続けてきた人間の言葉には、迫力があった。目下の人間に持論を展開して悦《えつ》に入《い》るタイプとは対極だから余計に。会社の看板を背負《しょ》っている局アナは特に発言の幅が限られた存在だ。政治色や主義主張を匂わせるとそれがどんなに個人的なものでも「局としてのスタンス」と受け取られかねない。

　自分たちは安全で、そして不自由でいなければならない。

「──まあ、負け惜しみって言われりゃそれまでだけどな」

　湯呑《ゆの》みに手を伸ばして笑う。

「麻生さんでも気になりますか」

「別に。こっちはやることをちゃんとやっているつもりだし、俺の首をすげ替えたければ好きにすればいい」

替わりなどいない、と知っているからこその台詞《セリフ》。計は「麻生さんは」と口を開く。

「どうして、アナウンサーになろうと思われたんですか」

「それを訊くってことは、自分はなるつもりじゃなかったってことだな——いや、分かってるよ、入社の経緯《けいい》は。社長に相談されたしな。俺は、気まぐれだろうがアナウンサーで使ってみたいと直感したならいいんじゃないですかと賛成したよ。仮に失敗したって来年にはまた新しいのが入ってくるだろ?」

実力のない人間など使い捨てられて当然、そう心から考えている口調だった。残酷ささえ感じさせない。

「俺の話だったな、昔すぎてどうしてかは忘れたが、この仕事は好きだよ。国江田はどうだ?」

「やりがいは十分に感じています」

「優等生の答えだな」

どうしてだろう、無機質というわけじゃないのに、麻生の目を見ているとカメラのレンズの、黒く鈍《にぶ》い輝きの前に立っているような気分にさせられる。ここを通して届くものだけがすべてで「本当」だ、と思わされるような。

「すみません」

「駄目出ししてるわけじゃないよ。さっきより下世話な話をするなら、どんないい女とでも週五で寝たら飽きるだろう？　でも俺は、放送には飽きたことがない。いつも本番の直前は、きょうはどんなオンエアになるだろうってふるえがくるほどわくわくしてる。一度も惰性《だせい》でスタジオに立った覚えはないし、今だって夜が楽しみでしょうがない」

ふたつのレンズが、スタジオのまばゆい照明を浴びたようにぎらりと光る。麻生の何が衆目《しゅうもく》を惹きつけるのか、ようやく計は理解した。容姿や声でも、話し手・聞き手としての技術でもなく、磨耗《まもう》を知らないこの異様な執着心だ。そして麻生からも問い質《と》《ただ》されている気がした。なぜここにいるのだと。

「……僕には、その境地はまだまだ遠いです」

「目指す必要はないよ。国江田には国江田のやり方も立ち方もあるだろう。ただ、お前はお行儀がよすぎるところがあるから初回の時みたいにもっと弾《はじ》ければいいのにと時々思う」

「あれはたまたまの、追い風参考記録みたいなものですから……」

自分のやり方。そんなものが本当にあるだろうか。一定の到達点を示されればそこへ向かって努力はするが、それも「与えられた仕事」には違いないのに。

「行こうか」

麻生が伝票を持って立ち上がる。会計をすませて店を出ると計は「ごちそうさまでした」と頭を下げた。

「いや、何か相談があればいつでも言ってくれ」

「ありがとうございます」

「——と言ったところで、お前は絶対しに来ないだろう。ちょっと先輩づらをしたかっただけだよ」

計に背中を向け、自分の発言をあっさり否定してみせる。

「徹底して腹の中さらけ出さないタイプだからな」

「いえ、そんなことは」

「おおありだろう？　それがプライドなのか意地っ張りなのか臆病なのかは分からないが、人の助けを借りられない性格だ。まあ俺にしたって他人の悩みに本気で耳を傾ける優しさはないから、手のかからない共演者でありがたい。お前も竜起も、最近の若いやつはよくできる」

助けなら求めたっちゅうの、と計は思った。あんたがいきなり倒れて俺に全部かぶさってきた時。潮《うしお》に「助けてくれ」と言って、潮が助けてくれた。潮は「ひとりでやり遂《と》げた」と言うけど、そうじゃない。

でも、あの時みたいに、ただ一回のオンエアのために悩んで、本番終了とともに悩みも消えるのとは、違う。気にしなくていいはずの数字、気にしなくていいはずの相手に勝手に囚《とら》われているのは計で、誰にどんな言葉をかけてもらってもこの視線を逃がすことはできない。

潮の家に行くと「最近遅いな」と言われた。

「……忙しいから」

本当は、出かける前に自宅で「ニュースメント」の録画をがっつり見てきているから……とは、言えなかった。あれだけ余裕かましといて今さらめちゃめちゃ意識してますなんて。わざわざひとりでチェックしているのは、どんな顔をしているか分からないからだ。笑い話ですまない焦りといら立ちを、潮には知られたくなかった。

「ふーん」

ベッドに倒れ込んで伏せていると「『ザ・ニュース』見ねえの？」と訊かれた。

「きょうはいい」

「何で」

「……何ヵ所か発音怪《あや》しかったから！　見たら腹立つから！」

ミス、というほどのものではないささやかな瑕疵《かし》だし、そ知らぬ顔で読み続けたが、非素人《ひしろうと》なら感づいたかもしれない――木崎とか。あ、間違えやがったよこいつって思ってんのかなとか、あいつならちゃんと読んだんだろうかとか、悪い妄想が膨《ふく》らんでしまって精神衛生上よくない。

計には勉強にしろ仕事にしろ、特定個人を意識した経験がない。事務次官目指すレベルの人間や世界大会クラスのスポーツ選手、そんなのと張り合おうとは思わなかった。自分が満足できて他人に褒《ほ》めそやされる現実的なラインを設定してきたし、何しろ容姿《ようし》も含めてのオールラウンダーだから、ひとつのジャンルで上をいかれたところで気にならない。よくも悪くも自分しか見ていない人生だった。

だから、名前を見聞きして心が塞《ふさ》ぐ、顔を見て心が塞ぐ、それが分かっていて自分から情報に接してしまう……という現状への対処法を、知らない。

「おーい、国江田くーん」

ベッドが軽くきしみ、潮が腰掛けたのが分かる。

「何か行き詰まってる?」

「別に。疲れてるだけ」

「へー」

「……重い!」

背中に潮の上半身がかぶさってきて、息苦しい。

「眠い、もう寝る」

「単に疲れてるだけなら別にいいけどさ、そうじゃないんなら考え込みすぎんなよ、バカなんだから」

バカに反応する余裕もなく「ほっとけ」とくぐもったつぶやきを洩《も》らす。潮はきっと計の後ろ頭を見ながら「あれ」という表情をしているに違いない。何も言いたくないくせに元気なふりもしたくない、というのがわがままで甘えだということぐらいは分かる。でもどうしようもない。

「おい、まじで適当に切り替えろよ。お前、自分で思ってるよりずっと不器用なんだからな」

「……不器用とか言われたくねえ！」

両腕で踏ん張り、潮をはねのけて起き上がった。

「その言葉、大っ嫌いなんだよ。屈辱《くつじょく》だ。自称不器用なやつなんて、どんくささと図々しさを不器用の一言で正当化して、自分はこういう人間ですからってそのツケ周囲にのうのうと払わせてるだけじゃねえか、不器用とか臆面《おくめん》もなくほざけるぐらいなら器用じゃねえか、俺はそんな恥知らずとは違う」

まくし立てる計をじっと見ていた潮は、ひとつも反論せず「悪かったよ」と計の頭を撫でた。

「疲れてんだな、もう寝ろ、な。俺、下で仕事してるから――おやすみ」

二階の電気を消して潮が階段を下りていく。心配させた。八つ当たりしてしまった――いや、割と日常的にしてるけど、それとは違うレベルの。

俺は器用だろ？　いつだって何だってうまくやってるだろ？　そう思われたくて頑張ってるんだから、お前だけはそれを否定しないでくれ。でないと空《から》っぽの鎧《よろい》の重心が崩れそうになる。だってもともと、望んで立ってる場所じゃない。だからこそ努力してきたけど、同じ努力を

「好き」とか「夢」とかいうエネルギーで支払ってきた人間にどう対抗すればいいのか。「好き」って暴力的な正義だ。抜けば誰もが黙る伝家《でんか》の宝刀《ほうとう》。「好き」を持たない人間なんて、「好き」で頑張ってきた相手に最後は負ける咬《か》ませ犬《いぬ》に過ぎない。好きだからできる、好きでやってるのがいちばん……世の中って好きの一点突破が賛美《さんび》される仕組みらしいじゃないか。計のおそれと劣等感はそこにあった。そして、ただ「好き」でやってきたことが結果として仕事になった、という潮に打ち明けられるわけがなかった。

翌朝、設楽からの着信で目が覚めた。まだ六時半。何だよ、第一声から作り込むの結構難しいのに。あ、あ、と数秒で整えてから出る。

「おはようございます」

『ごめんね、朝早くから。ちょっと現場の取材に回ってほしいんだ』

「え？」

『コンビニ強盗が三件ぐらい連続してる。国江田の家の近くだからちょうどいいかなと思って。カメラは今そっちに向かってるんで、タクシーで合流してほしい。腕章《わんしょう》はディレクターに預けてるから』

「分かりました」

予定ものじゃない現場のリポートなんて久しぶりだ。報道の記者でこと足りるだろうに、夜の帯についている人間をわざわざ駆り出すなんて、よほど人手が足りないのか。何か大事件あったっけ？　と携帯のニュース配信をチェックしたがそれらしいネタは見当たらなかった。

何なんだよ、と不審がりつつ取り急ぎマスクとメガネを装着《そうちゃく》して下に行くと、潮はソファで眠っていた。計がぴりぴりしていたから気を遣ったのだろう。

起こしてひと声かけるほうがいいのは分かっているが、「ゆうべはごめんねありがとう」なんて金塊《きんかい》積まれてもしおらしく言える性格ではなく、何より今は時間がない……と自分に言い訳して、計はそっと家を出た。

現場を回り、朝のワイド時間帯用にリポートを撮影、昼ニュースまでに動きがあるかもしれないというので情報収集しつつ待機していたが、何ごともなかったのでクルーと食事をすませて一旦解散《バラし》となった。二時過ぎ、会社に着いて潮からのメールに気づく。

『お前どこ行ってんの』

あ、やべ。暇を見てメールしようと思っていたらその暇がなかった。

『急にニュースの取材呼ばれて、現場』

黙って出て行って悪かったってメールなら言えるかも――……言えないんだなこれが。そっけない文面を送信するとすぐ返事がきた。

『それならそれで声ぐらいかけろよ』

あ、怒ってるわこれ。俺でも怒るしな。『いや寝てたし』、送信。

『そんな見《み》え透《す》いた言い訳ならしないほうがマシ』

ばれてるし。確かに八割気まずかったからだけど、二割ぐらいは起こしたら悪いなと思ったし、って返したらもっと怒んのかな。でもこのままスルーするのがいちばん悪手《あくしゅ》……と考えあぐねていると内線用のＰＨＳが鳴った。

「はい、国江田です」

『お疲れ、設楽です。きょうはごめんね、急に振って』

まったくだよ。

「いえ」

『ああいうロケ久しぶりだよなあ、どうだった？』

「どう……ということは何も。ディレクターの方がしっかり段取りしてくださったので問題なく終わりました」

『そっか、じゃあまた』

問題はなくても、スタジオを出ての仕事は緊張が割増《わりまし》だし体力的にも疲れる。仮眠室を取って夕方まで休もうかとも思ったが、まだ朝刊を読めていないし、きのうのオンエアも見ずじまいだった。

習慣をさぼるのは恐ろしい。ちいさなほころびが取り返しのつかない失敗につながるかも、と思うからだ。真面目でも勤勉でもなく、自分でつくり上げた「国江田さん」に追われ続けているようなもので、でも今は前と違ってひとりじゃない。

ひとりじゃないけど、あいつにだって言えないことがあって。

視聴率は0・5%差、占有率《シェア》を見ると1%差で負けていた。はーっとため息つきたい気持ちをこらえて（人目があるから）席を立つといつも以上に意識して背筋を伸ばし、新聞棚に向かう。考えすぎて自家中毒に陥《おちい》ってる場合じゃない。とにかく目の前の仕事を確実にこなすのに集中しないと。メールの件は頭から追いやった。どうせ素直に謝れないし、潮みたいにあの手この手でうまくご機嫌も取れない。次会いに行った時がっつり文句を言われて、こっちが逆ギレして、しかし最終的には口に出せないあれこれを経《へ》て通常運行に戻るだろう。

こまごま働いた後、そろそろ「ザ・ニュース」の打ち合わせに向かおうかという午後七時、また内線が鳴った。

『埼玉で、ため池から死体の一部が見つかったらしい。すぐ行って。B1の駐車場で車両が待機してるから』

設楽の言葉に、耳を疑った。

「僕がですか？」

『そう。あ、腕章だけ報道フロアで持ってって。申請書の書き方分かるよな』

『いえ、あの』

『申請したことなかったっけ?』

「分かります、でも今から埼玉に行くとなるとオンエアの準備が」

『あ、それは考えなくていい』

今度は自分の耳じゃなくて設楽の頭を疑う。

「え?」

『番組内で現場から中継してもらおうと思ってるから。まだ捜索が続いてるようならスタジオとの掛け合いもあり。だからこっちのことは気にしないで』

何言ってんだこのおっさんは。半《なか》ば呆然としながら「でも原稿は誰が読むんですか」と訊いた。

『ナレーションは影アナ用意する。Vも全部できてるから余裕でしょ。スタジオでリード読んだりするのは、麻生が自分でやれる。国江田の代わりに誰か置くってことは考えてないから安心して』

昼の電話の「じゃあまた」ってひょっとしてそういう意味か? ほかに人員がいるだろうに、レギュラーついてるアナウンサーを番組休ませてまで外に行かせるなんて結構な暴挙だ。いったい何を考えてる? なんて思い巡らすいとまもなく、計は慌ただしく身支度を始めた。

――しばらく、スタジオより現場取材優先して。

設楽《したら》の指示はそれだけだった。理由も期限も示されず、でも職務上の命令ならこっちは従《したが》うしかない。会社にいる間はつねに備《そな》えていなければならないし、生放送と違ってオンエアが終わればひとまずお疲れ、とはいかない。外での待ち時間も多く、当然悠長に机と椅子が用意されているわけじゃないし、天候の問題もあれば距離によっては泊まりにもなり、かと思えば何もない日はしれっとスタジオにいる、その不規則性は心身に堪《こた》えた。当日にならなければ自分の仕事が分からないというスリルを楽しめるタイプもいるだろうが、計《けい》はどんどん疲弊《ひへい》していった。せめていついつまでとゴールが見えていれば自分に鞭《むち》も入れやすいのに。

おまけに。

「おい兄ちゃん!」

「国江田《くにえだ》と申します」

「どういう画《え》撮りたいんだ、さっさと指示しろよ! きょうはお前がDなんだろ!」

現場に出る人間の数はぐっと限られる。きょうみたいにカメラマン、カメアシ、照明、音声、

ＡＤ各一名……となると各々《おのおの》の責任範囲も大きく、用意された原稿に目を通して時間になると誰かに「お願いします」と呼ばれてスタジオに入って誰かが撮って誰かが編集したＶＴＲに合わせて読み上げる――という流れにはならない。

それにしてもＤすらつかねえってどういうことだ、と思う。半《なか》ば事件記者みたいな存在でロケごと取り仕切るアナウンサーもいないわけじゃないが、計の主軸《しゅじく》はスタジオだった。だからいきなり「撮りたい画」など訊《き》かれても、これまで培《つちか》ってきた経験を元に無難《ぶなん》と思える指示を出すしかない。

「あそこの寄りからズームバックしてもらって」

「はあ？　そんなことすんのか？　だらしねえサイズになりそうだけどな」

だらしねえサイズって何だよ、具体的に言え。

「では、錦戸《にしきど》さんはどうするのがいいと思われますか」

「いやだから寄りからズームバックがいいんだろ？　どの程度まで引きたいのかさっさと言え！」

複合的なストレスの一因がこれだ。頑固《がんこ》親父を絵に描いたようなカメラマン。技術スタッフには横柄《おうへい》で職人かたぎの人間がままいるが、基本的にスタジオの演者《えんじゃ》に向かうことはないのでどれだけＡＤに青筋立てていようと「いつもの背景」として通り過ぎるだけだった。

仕事なのでミスって怒られるのは仕方がない、けど何で普通のボリュームで普通のテンションでお話できないの？　人の意見に否定から入るの？　俺の名前覚えないの？

その時々のシフトで手の空《あ》いているクルーが来るだけなので逆に言うと偏《かたよ》りも生じないはずなのに、どうもこの錦戸とのエンカウント率が高いような気がするのは被害妄想だろうか。

報道カメラ一筋、定年をとうに過ぎても嘱託《しょくたく》社員として機材担《かつ》いでどこへでも行く。象どころかガンダムに踏まれても壊れなさそうなくそじじいだった。行動を共にしていると、五分に一回ぐらいゴルゴ13に依頼したくなってくる。あの眉間《みけん》のしわぶち抜いてやってくれ金なら払う。

どやされつつ撮影ポイントを定めて画の流れを頭の中で組み立てていると、現場の隣のブランドショップから黒スーツの男がまっすぐ向かってくる。

「あの、何をされてるんでしょう」

「ああ？」

森羅万象《しんらばんしょう》に偉そうな錦戸が威嚇《いかく》に等しい応答をした。ポジティブに評価するなら裏表のない性格なんだろうが、ちょっとは文明人らしく振る舞えよ、サーカスに売るぞ。カメラ回せるマウンテンゴリラって。

「あんたんとこの横のレストランが食中毒出したからその撮影だよ、それがどうした」

男は眉をひそめ「困ります」と訴《うった》えた。

「そういった悪いニュースの映像に当店が映ってしまうのは……」

「はあ？　おたくらカバン屋だろうが。どうやって食中毒出すんだよ、勘違いするわけねぇだろう」

「いえ、ブランドイメージに影響しないとも限りませんので、撮影はお控《ひか》えください。どうしてもと仰《おっしゃ》るんならうちが映らないように問題の店だけアップで……」

「ふざけんなっ!!」

機材が壊れるんじゃ、と思うほどの声量で錦戸が怒鳴った。

「こっちは仕事で取材してんだよ、何の権限があって俺に命令してんだクソガキ！　どの街のどんな通りにある店かっていう画は視聴者にとって大事な情報だ！　そんなに映されたくなきゃ一分待ってやるから店のシャッター下ろして看板にブルーシートでもかぶせてこいや!!」

カメラを担いでいなければ、やくざが一般人を恫喝《どうかつ》している光景にしか見えないだろう。バイトに毛が生《は》えたようなカメアシなんかふるえ上がっているし。やだやだ、柄悪いのがうつったらどうしよう。男が店へ逃げ帰ると錦戸は計に「ああいうめんどくさいのが寄ってくるからちゃっちゃとやれよ兄ちゃん」と言った。

「国江田です」

計は辛抱《しんぼう》づよく自己紹介した。まじで誰か、スイス銀行の口座教えて。

報道局で腕章《わんしょう》を返し、記者同士が情報共有するための取材報告メモを作っていると「国江田」と声をかけられた。報道にいる同期だった。ちっ、もう愛想《あいそ》の在庫も切れそうなのに。

「お疲れさま」

「連日大変だな。元気？」

「まあまあ」

「外取材って大変だろ、撮るだけ撮ってボツになるのなんか日常茶飯事だし、毎日当たり前にテレビ出てたお前からするとバカバカしいんじゃない」

「オンエアに生かされないのは残念だけど、バカバカしくはならないよ」

潮《うしお》に鈍《にぶ》い鈍いとからかわれる計だが、今いやみを言われていることぐらいは分かる。報道の一部記者から「何だあいつ」という目で見られているのも。そりゃそうだ。二言三言のリポート、短い原稿。アナウンサーがおきれいにしゃべる必要はない。記者でも、何ならカメラマンでもこなせる。却って臨場感が失われるからと、アナウンサーリポートを嫌うDもいるぐらいだ。なのに「顔出し」という目立つ場を計がさらっていってしまうのだから、領域を侵《おか》されていると感じるやつもいるだろう。

知ったことかカス、こっちだって好きでやってねーわ。お前も顔出ししたくて歯でも入れ替えたかよ。いら立ちが募《つの》るほど、計の笑顔は鉄壁になっていく。これなら錦戸の罵声《ばせい》のほうがまだましかもしれない。

「……ていうか」

わざとらしく声をひそめて尋ねられる。

「ここだけの話、お前何かやらかしたの？　これまで大事に育ててきた王子にしんどい現場ばっか回らせて、Ｐの方針にせよ、アナ部まで黙認してるなんておかしいだろ」

やらかしたのかなんてこっちが訊きたい。アナ部が口を挟んでこないのは麻生《あそう》も設楽のやり方に賛成している証拠だが、その真意がまったくつかめない。そば屋で何か粗相《そそう》したか？　いやふたりとも私情を挟むタイプじゃない、だからこそ得体《えたい》が知れない。

——国江田の代わりに誰か置くってことは考えてないから安心して。

あくまでも今のところは、だろ？

「自分では心当たりがないかな」

困惑モードに切り替えつつ、このくそ野郎のやってるＳＮＳがことごとく炎上しますようにと見えない星に本気で祈った。

一刻も早く家に帰りたいのに、疲れすぎてその体力も残っていない。自販機で甘い缶コーヒーを買うと営業時間を過ぎてひと気《け》のない社員食堂に向かう。照明もぎりぎりまで落とされ、各局のオンエアが一目瞭然《いちもくりょうぜん》になるよう、壁面《へきめん》に一列に並ぶテレビだけがこうこうと明るかった。暗がりで点《つ》いているテレビは、とろとろ眠気を誘う。

やばい寝落ちする。頭を打ち振ってコーヒーをぐいっと飲み、もう一度テレビに目をやると、ひとつの画面に吸い寄せられた。

木崎《きざき》の顔、と「パーソンズ」のタイトルロゴ。計は急いで椅子を動かし、靴のまま乗って腕を伸ばすと音量ボタンを連打する。

――こんばんは。遠くの人、すぐ隣の人、でも確かにあなたと同じ時代を生きている「誰か」にクローズアップしてドラマをお届けする「パーソンズ」、今夜は私、木崎了《りょう》がある作家の方にお会いしてきました。

グリーン系のタイルっぽいセットが木崎の清潔感を際立《きわだ》たせて見え、そしてこんなうす暗い無人の食堂でくたびれ果てている自分がみじめに思えた。

――作家といっても小説家ではありません。皆さん、クレイアニメとかストップモーションアニメという言葉をご存知ですか？　一秒間を細かく切《き》り刻《きざ》んだ一瞬を、途方《とほう》もない労力で積み重ねてひとつの動き、そしてひとつの作品を創《つく》り上《あ》げる仕事です。

相変わらず憎たらしいほど流暢《りゅうちょう》な話しぶり。

――肉眼では捉《とら》えられない瞬間の中にいったいどんな時間と気持ちが込められているのか、どうぞご覧ください。

ＶＴＲに変わる。潮が笑っていた。ぱちっと眠気が覚める。潮だ。笑ってる。でもここにはいない。心臓を揉《も》み絞《しぼ》られて苦しくなる。あれからメールの追撃もこなかったし、仕事に振り回されて家にも行けなかった。不意打ちで顔を見たら会いたくてたまらなくなる。

潮は笑いながら「これ手伝って」とカメラに向かって黒い布を差し出した。もう三ヵ月近く前に計が針を通した、花火の。

——え、何ですかこれ。

木崎が尋ねる。

——うちに来た客はノルマで刺繍《ししゅう》してもらってんの。なんでカメラさんも音声さんも全員ね。

——僕家庭科苦手だったんですけど大丈夫かなー。

——あ、むしろ個人差が出るほうが嬉しい。

——えーこれ作品になるんですよね、すっごい緊張……。

あの時はまだ寂しかった夜空に、もう大輪の火花がいくつも咲いていた。会ってない間も、潮は仕事を進めている。ただ「やりたいから」という理由で、潮だけが知る完成図に向かって。俺は、「どういう画撮りたい」ってただそれだけの質問にも答えられないのに。普通にオンエアできる普通の映像が欲しいです、としか思えないから。あの刺繍の中には、計じゃない人間の手がいくつ入っているんだろう。

立ったまま見る、画面の中の潮は新鮮で、ああこいつこんな生活してんのか、と初めて知ることだらけだった。潮は基本的に計の話を聞いて笑ったり呆《あき》れたり突っ込んだりするばかりで、自分についてしゃべらない。「お前みたいにネタ満載の日々じゃねーから」と言うが、VTRを見る限りそうでもなかった。潮の家で打ち合わせをする、どこかに出向いて打ち合わせをする、時にはよそのスタジオで撮影したり、デザインを学んでいる学生と共同でパペットの動画を作ったり。

その合間に、オフショット的に台所に立つ姿が流れると絞られた心臓から血でも涙でもないものがぼたぼた滴《したた》るのを感じた。

一階はまだいい、仕事場を兼ねているから。でもキッチンやテーブルやその奥のベッドがある空間にカメラが入り、木崎が立ち入っているのは耐《た》え難《がた》く苦しかった。こんなことになると分かっていたら、「断れ」と言っただろう。計が望めば潮は聞き入れてくれたのに、今みたいな自分を想像もしなかったから。

何でお前がそこにいて、そいつと笑ってんの。そこは俺の場所だ。やっと見つけた、俺の居場所なんだよ。お前には別に大事じゃないだろ、軽々しく入ってくんな。

代われよ。返せよ。

憎たらしい、じゃなくて心から木崎が憎かった。胸にどす黒い焦《こ》げの張りつく嫉妬だった。そっくり同じ気持ちを、何年も前から木崎が自分に抱《いだ》いていたのかもしれないと想像すると、おそろしかった。

——どうして、こういうお仕事しようと思ったんですか？

計のよく知っているソファにかけて木崎が問うと、潮はちょっと宙に目線を逃がして考え込んだ。

——……どうしてっていうか、まあ、なりゆきみたいなもんだけど。単純にこれしかできることがなかったからだと思う。

何でもできた国江田計にはちっとも分からない。こうして、好きじゃないことだって人よりできる国江田計。

でも「好き」も「これしかない」も持っていない。


身体はくたくたなのに、タクシーの中でうとうとしようと思っても目だけが変に冴《さ》えて、潮と木崎の顔や言葉が頭の中でめまぐるしく回り続けた。昼にはまた取材に出なければならない。えっと、千葉の連続殺人の高裁《こうさい》判決と、あと何か言われてたな。事件も司法も行政もごっちゃにやらされるからさすがに整理しきれない。

頭痛がする。家のドアを開けて、玄関に潮のスニーカーを発見した途端、なぜか痛みはきんきんひどくなった。

会いたかった、今も会いたい、なのに何でだ。計は玄関に立ち尽くしてしまう。やがてしびれを切らしたのか、ぼんやりとした影がリビングから近づいてくるのが扉のすりガラス越しに分かる。

「おかえり」

「……何か用」

いきなり間違えてしまったのは自分でも分かる。この間からずっと計が悪い。でもいざ顔を見るとかんしゃくめいた気持ちが嘔吐《おうと》みたいに込み上げてくる。何で急にこんな勤務ばっかりさせられなきゃならないのか、何であんな裏番組が始まったのか、何でよりにもよって今、部屋で待ってたりするのか。いらいらするもやもやするむかむかする。

「何か用、じゃねーだろ」

潮はむっとしたふうではあったが、まだ口調は穏やかだった。

「すぐ音信不通になるよなお前……まあ俺も忙しくしてたんだけど」

「だったら別にいいじゃん」

「計」

すこし強く呼ばれる。

「どうした、何にかりかりしてんだ」

「別に。……疲れてるだけ。風呂入って寝る」

だから帰れ、と言外《げんがい》に込めて潮の脇をすり抜けようとしたら腕を摑《つか》まれた。

「何だよ」

「お前最近、何でニュース出てねえの」

今いちばんされたくない質問だった。計は顔を歪《ゆが》めて「出てるだろ」とつっけんどんに答える。

「ちょいちょいいろんな時間帯のニュースで見るけど『ザ・ニュース』はどうしたのかって訊いてんだ」

「現場取材するように言われてるから。身体いっこしかねえのにあれもこれも出らんねえよ」

どうしてこんなもの言いしかできないのか、と自分が情けない。もうちょっと角《かど》の立たない甘え方だってあるだろう。潮が愛想《あいそ》つかして帰ったらまたひとりで後悔するに決まっているのにわざわざ悩みの種を増やしてどうする。ふがいない自分への憤《いきどお》りがピンボールみたいにあっちへ行きこっちへ行き、やっぱり潮にぶつかってしまう。

「それって人事異動？　何でそんなことになってんの？」

「俺が知るわけねーだろ」

「何でだよ」

潮は食い下がった。

「お前が希望したわけじゃないんなら、上の判断なんだろ？　その理由を訊きに行けよ。んな疲れきった顔して、忙しいけど充実してますって雰囲気じゃねーよな。何かしら納得いかないんだったら、説明求めるぐらいできるだろ」

「仕事なんだから、理由がどうだろうが言われた以上やんなきゃなんだよ。俺はお前と違って会社員ですから」

「何だそれ、アナウンサーって奴隷《どれい》か？」

「そう思いたきゃ思えば」

「どうせお前のことだからひとりで思い詰めてんだろ、でもちょっとは腹割って話してみろよ。設楽さんなら大丈夫だから」

「バカ言ってんじゃねーよ!!」

潮の手を乱暴に振りほどいた。そんな意地の悪い助言があるか、と思った。

「腹割るとか、俺にできるわけないってお前がいちばんよく知ってんだろ！」

「あのな、落ち着け。何もジャージで出勤していつも俺に言ってるようなこと言えってわけじゃねえよ。普通に自分の意見なり疑問なり、ぶつけられるだろ。設楽さんは下の人間をないがしろにしないし、訊けばまじめに答えてくれる。逆にお前、その程度のコミュニケーションも取れなくていい番組なんかつくれねえだろ」

「じゃあ俺のせいか!?」

真夜中という状況を斟酌《しんしゃく》する余裕もなく計は叫んだ。

「俺がこんな性格でちゃんと話もできないからいい番組になんねーの!?　数字が下がんの!?　裏に、木崎了に負けんの!?」

「そうじゃないって」

何で伝わらないのか、という潮のもどかしさが伝わってくる。ほら、駄目じゃん。話したっ

て無駄じゃん。

「そのままでいろってお前が言ったのに。おかしくてもいいって」

「だからそれは――」

「もういい!!」

かばんを床に叩きつけ、両手で耳を塞《ふさ》いだ。

「あれしてとかこれしてとかどうしたいんだとか、これ以上言われたくない！　聞きたくない!!　俺は誰よりもちゃんとやってるだろ!?　自分の仕事してるだろ!?　お前も皆も、何が不満なんだよ!?」

「計――」

「もうやだ。頭パンクする。ひとりになりたい。頼むからひとりにしてくれ」

手のひらで蓋《ふた》をしているから、そのつぶやきは自分の頭の中で大きく響いた。潮は何か言いかけてみたり、何か探すように床や壁を見たりしていたがやがてぐっと唇を引き結び、靴を履《は》いて出て行った。外側から挿《さ》し込まれた鍵が、目の前でくるりと錠《じょう》を回す。

計はかばんも拾わずふらふらリビングに入るとソファに座り込んだ。感情のK点をはるかに超え、虚脱《きょだつ》だけが残った。潮に悪いことをした、という認識が実感として気持ちになじむまでまだ時間がかかりそうだった。

テレビのリモコンに手を伸ばし、再生ボタンを押す。この期《ご》に及んで「ニュースメント」を見ようとしている自分は本当にドMかもしれない。追っても逸《そ》らしても負けた気持ちになるのなら、どっちが心に優しいだろう。

通常ニュースの後、犬猫の殺処分《さつしょぶん》を特集したVTRが流れる。スタジオに下りた時、木崎の目にはうっすら涙が浮かんでいた。

——すみません、僕も実家で犬を飼っているので、つい……。

——身に詰まされますよね。

アナウンサーなら0点だ。オンエアで泣くなんてプロの仕事じゃない。でも木崎はアナウンサーじゃないから演技だったとしても許されるリアクションで、この涙に共感する視聴者はたくさんいるに違いない。きれいな泣き顔で数字も取れれば言うことなし。まねをしたいわけじゃないが、アナウンサーの枠《わく》から出られない自分がつまらない原稿読み上げロボットに思える。ペッパー君でいいんじゃねーのか。

ていうかこっちこそ泣きたい、むしろもらい泣きさせてくれ、ちょっとは楽になるかもしれない。でも眼球は痛いぐらいに乾いて、目を閉じてもひどくごろごろした。

会社に着くタイミングで携帯が鳴った。発信者は設楽、出るまでに軽い覚悟が要《い》った。

「おはようございます、国江田です」

『さっきアナ部行ったんだけどいなかったから。今、外？』

「もうすぐエレベーターに乗るところです」

『ああ、じゃあちょっといい？　コーヒーでも飲もう。十階の喫茶室で』

「はい」

何の話だ。ついに肩たたきか？　いやいくら何でもそこまで冷遇される覚えはない。

潮が何か言った、という可能性を考えてみる。……ゼロじゃないが、そういう過保護な気の回し方はしないはず。

向かい合ってテーブルに着き、コーヒーが置かれたタイミングで設楽は急にくっと思い出し笑いをした。

「ごめん、きのうの竜起《たつき》が面白かったもんだから」

「皆川《みながわ》くんが？」

独創的な読み間違いでもしたか。

「俺んとこに抗議しに来たわけよ、何で最近国江田さん干すんですかって」

そっちか。干されてねーよ、露出回数自体は増えてんだろーが。おはようからおやすみまでの勢いでテレビ出てるわ。何でも思ったまま口に出しやがってムカつく。

「同じ番組についてる以上、自分には説明してもらう権利があるって怒られちゃった。麻生にも直訴《じきそ》したみたいだからほんといい度胸してるよ……砂糖とミルク、使う？」

「いえ」

「で、そういえば国江田からは何も言ってこないなあと思って」

そういえばじゃねーだろうよ、と内心で毒づいた。すっとぼけやがって。

「どうして現場ばっかり行かされるのかって疑問に思って当然なのに、当の君からはアクションがない」

「何かお考えがあってのことだと思ってますから。番組のための判断なら、一員として従《したが》うだけです」

「なるほど、信頼してもらってるわけだ」

「もちろんです」

それは嘘じゃない。設楽はちゃんと考えている、だからこそ訊くのが怖いし、何で訊かないのかと潮に言われて腹を立てた。そんな簡単にできない。

「そっかあ……」

設楽は計の言葉を値踏みするような油断のない目で、仕草だけはのんきに頰づえをついてみせる。オーディションに来た気分。

「国江田、番組にとっていちばん駄目なのは何だと思う?」

「数字が悪いこと、だと思います」

そう返すと急に眼差《まなざ》しがふっと冷え、カップから立ち上る湯気まで消えたように思えた。

「違う。それだけか？」

「え――」

放送事故？　演者とかスタッフの不祥事《ふしょうじ》？　間違った情報を流すこと？　番組内恋愛？　思い浮かぶ答えは、口に出すまでもなく「違う」だと分かっていた。テーブルの下でぎゅっと指を縮《ちぢ》める。短い沈黙だったのに、胃がきりきりしてきた。

「……視聴者のほうを見ないでつくることだよ」

設楽が静かに言った。静かな眼差しに責められている気がした。何でそんなことが分からないんだと。

「上の方針がどうだとか、演者のご機嫌がどうだとか、いろいろ、舵取《かじと》りはしなきゃいけない。きれいごとだけじゃ進まない、けど、俺はそこだけは守りたい。よその番組ばっか向いてあっちのほうがいいなとか、うちもあんなのしたいとか、そんなふうにぶれ出したらおしまいだよ」

ほらな、と計は思った。こうやっていちばん言われたくないとこ、飄々《ひょうひょう》と突いてくんだよ。

「俺は、国江田の読みが好きだよ。技術だけの問題じゃなくて、たとえば、作業をしながらテレビをつけてる時でも、国江田の声はいい意味で引っかかるんだ。あ、何か言ってる、何だろうってね。それは才能じゃなくて、国江田が何を伝えるべきなのかしっかり把握《はあく》して、まっすぐに視聴者を向いてるからだと思う。声に力がある」

コーヒーをひと口飲んで「けど」と続く、その先をもう聞きたくなかった。潮にならら耳を塞げるのに。

「どうしてかな、俺の目から見ても慢心《まんしん》せずまじめにやってくれてる。なのに、春以降の君の声はすこし変わってきた。……心当たりはある？」

計はまっすぐ設楽を見て答えた。

「いいえ。申し訳ありませんが、何も」

何でそこで言わねえんだと、頭の中の潮が責める。でも計には無理だ。無理だから無理だ。

「そうか。でも、今の君の声が俺には聞こえない。うちの数字が低調気味なのは国江田のせいじゃないが、長い目で見ると絶対影響してくるはずだから、早いとこ手を打たなきゃと思った。だからって、具体的なアドバイスもしてやれない、情けないPだけど……スタジオから、もっと視聴者に近い場所に放り込んでみようと荒療治《あらりょうじ》をした」

その効果が現れていないのは、誰よりも自分が分かっている。計はコーヒーに手もつけず「すみません」と腰を浮かせた。

「そろそろ、ロケの準備にかからないと」

「ああ、忙しいとこすまなかった。……あと、ひとつだけ」

「はい」

「いろいろ、雑音も耳に入ってるだろうが、報道は君を絶賛してる。地道な情報収集はDにやらせて、おいしいとこ取りでしゃべるだけのアナウンサーもいるのに、国江田は聞き込みもウラ取りもいやがらずにやるって。居心地の悪い思いもたくさんしてるだろうに、君は弱音を吐かない。国江田はどこに行っても国江田で……それが歯がゆく思えてしまう時もないじゃない。でも俺は、君をすごいと思う。尊敬してる」

「ありがとうございます」

いえいえ、自宅じゃ逆ギレ噴火かましちゃってぼろぼろです、仕事もプライベートもピンチ、もう無理っすわ自分……と白状すれば勘弁《かんべん》してもらえるだろうか。不調の原因なら分かっているが、たとえば木崎が降板《こうばん》すれば何事もなかったように復調できるのか？「ニュースメント」が終われば万事《ばんじ》解決か？　いや、きっと違う。


はい、こちら、しゃべるゴリラのいる現場からお送りしております。

「おいっ、またプルプルふるえてんぞへたくそっ！　箸上《はしあ》げも満足にできねえのかバカ野郎‼」

うるさいですね、ブサイクですね、早く山に帰ってほしいですね。それではさようならまた来週——妄想中継をしながら、本日もいきなりトップギアでＡＤをどやしている錦戸《にしきど》を眺めた。ゆるネタのロケでもこの熱量、ケーブルつないだら携帯ぐらい充電できそうだなじじい。あまり傍観《ぼうかん》して予定が押すとこっちが迷惑なので「ちょっといいですか」とＡＤに近づいた。グルメロケには、料理を皿から持ち上げたところを撮るいわゆる「箸上げ」が必須《ひっす》だが、不慣れだとなかなか難しい。

「左手で、右の肘《ひじ》あたりをぐっと支えると安定すると思うよ」

「あ、ほんとだ！　ありがとうございます」

「おい兄ちゃん、これ終わったら食レポ撮るからな、準備しとけよ」

「国江田《くにえだ》です」

アメリカから初上陸したローストビーフ専門店のプレスプレビュー取材、向こうから案内があってのロケなので広報が仕切ってくれるし屋内だしただで肉が食べられる。いろんな意味でおいしいはずのロケだが、ここのところの不調がもろに胃にきていてまったく食欲が湧《わ》かなかった。顔面より大きい肉、脂《あぶら》っこいこってりソースとつけ合わせには茶わん一杯ぶんぐらいのマッシュポテト。これにそそられないなんて自分にショックだ。食べないと力が出ないし顔色や肌つやにも関わるからカメラ映りも貧相《ひんそう》になるのに、固形物を入れると胃袋がローラーでされるみたいにぎわぎわ痛んでくる。

「はい、じゃあ合図したら『ではさっそくいただきます』で肉切って、口元に運んだとこでちょっと目線ください、それからぱくっといってもらって、一言」

「分かりました」

食べたくない食べたくない食べたくない。照明を浴びて光る肉片《にくへん》を見たくもない。でも一発OKを出さなければ二度三度と飲み込むはめになる、と必死で自分に気合を入れて顔をつくった。

「では、さっそくいただきます、わあ、大きいですね、一枚でも満足できそう——……うん、赤ワインとにんにくが効いたソースで、すごくパンチがあるんですが、肉自体の味も濃厚《のうこう》で、まったく負けていません。おいしいです」

「……はい、オッケーです！　ちょっとチェックしまーす」

痛むなよ、と腹に言い聞かせながら、カメラのちいさなモニターをDの後ろから覗き込む。見る前から憂《ゆう》うつだった。オンエア上問題にはならなくても、自己評価で万全《ばんぜん》から程遠いコンディションがカメラにはばれているに違いない。

『——では、さっそくいただきます』

あれ、と思った。

画面の中の計《けい》は、予想に反していきいきしていた。笑顔も頷く仕草もきらきらと活力を帯《お》び、王子さまの面目躍如《めんもくやくじょ》、俺ってここまで素敵だった？　最近のカメラってオーラ補正機能ついてんの？　これが素人《しろうと》としてテレビに出たら大変だよ、「あの子は誰？」って問い合わせが殺到《さっとう》だよ。いや疲れすぎて自己審査基準が甘くなってんのかも。

「いいねー、じゃあついでにさっきの箸上げも見せてください」

ソースの絡《から》んだ肉にフォークをすっと刺して持ち上げる、十秒足らずのカット（撮影所要時間三十分）。それを見た途端、計の腹がぐぐっと軽く鳴った。幸い、周りには聞こえなかったようなので涼しい顔で黙っていたが、いきなり復活した食欲に内心では驚いていた。現物を目の前にしてもちっともテンションが上がらず、実際、ゴムを食べているみたいに味気なかったのに。

でもレンズを隔《へだ》てた映像に計の身体は確かに反応した。うまそう、食いてえ、と。

「あー、やっぱ食べ物撮るんなら錦戸さんすねー。錦戸マジックで超うまそう。この画《え》ではん食べられるわ」

Dの褒《ほ》め言葉に錦戸はにこりともせず「次、オーナーのインタビューだろ」とせっかちに動き出す。

「無駄口叩いてねえで早くしろ！」

「はいはい」

補正の機能は、カメラじゃなく錦戸に搭載《とうさい》されているらしかった。これまではシリアスな事件取材でしか組まなかったから、そのモードを使わなかったということか？　機材は単なる道具で、カメラマンの技術というのは構図のセンスや瞬間への嗅覚《きゅうかく》、それからいい画に遭遇する運で構成されるものだと思っていた。「撮る」だけなら計でもできる、工夫のいらない単純なカットなのにここまで違ってくるものなのか。

ロケ車で局に戻り、駐車場で「お疲れさまでした」と言い合った後、錦戸に「おい」と呼ばれた。

「国江田です」

「ちょっと出るぞ」

「どちらへ？」

「近所だよ、すぐすむ」

サシで？　瞬時に次の仕事を十ぐらいでっち上げるのは可能だったが、おとなしくついていったのはさっきの件があったからだ。何の小細工《こざいく》もない映像が、どうしてあんなに目を惹《ひ》くのか知りたいと思った。どうせまた「好きだから」という鉄板の答えなのかもしれないが。「対象への愛」とか言いやがったら逮捕な、気持ち悪いから。

覚えのある道をたどり、以前麻生《あそう》と入ったそば屋に連れられた。

「カツカレー丼とこのこ雑炊《ぞうすい》。米減らしてうすく作ってやってくれ」

「はいはい」

え、今俺のぶんまで勝手に頼んだ？　錦戸は何の説明もなくさっさとメニューを閉じて「めしぐらいちゃんと食ってこい」と言う。

「すみません、食レポがあると聞いていたので」

「嘘つけ。一食や二食おろそかにしてるツラじゃねえぞ」

それきり、むっつりと腕組みして黙り込む。計は「あの」と切り出した。

「錦戸さんは、どうしてカメラマンになろうと思われたんですか」

「別に思ってねえよ、入社して配属されたのが報道カメラだっただけだ。荷物重てえし過酷《かこく》だし、ちょっとやばめの海外行ってみろ、銃器担《かつ》いでると勘違いされて狙《ねら》われんだぞ、ろくなことねえこんな仕事」

「でも、定年されてもこうして……」

「金のために決まってんだろ、下のガキがまだ大学生なんだよ。大して頭もよくねえくせに院なんか進みやがって」

暑苦しい職人論を語るでもない、ドライすぎる答えに面食らう。

「何だ、不満か。敢《あ》えて言うなら系列局に技術講習しに行くのは楽しいぞ、タダで旅行できるからな」

「いえ、不満というわけでは……ただ、ちょっと意外だったもので」

「もっと意外な話してやろうか」

「何ですか」

「俺、そもそもアナウンサーの試験受けたんだよ」

「えっ……」

食べながらしゃべっていなくて本当によかった、噴射せずにすんだから。アナウンサー？

その、ホモサピエンスよりは岩石《がんせき》に近似《きんじ》した顔で？　七代ぐらいに渡ってトリンドル玲奈《れな》と結婚してＤＮＡをロンダリングすればいちるの望みはあるか？

絶句する計を見て錦戸は軽く舌打ちした。

「どうせ身の程知らずと思ってんだろ？　言っとくけど昔は今ほど見た目偏重《へんちょう》じゃなかったんだよ！」

いやそれにしたって……と思いつつ「どうしてアナウンサーに？」と更に探ってみた。

「野球好きだから実況《じっきょう》したかったんだよ。打球《だきゅう》はぐんぐん伸びてバックスクリーンへ——とか言うの楽しそうだろ。実況どころかスポーツ部への異動願いも通らずじまいだったけどな」

「そうなんですか」

「事故現場の画撮ってる時にフレームインしたバカを張り倒したら、そいつがその後どんどん出世しやがって、握りつぶしてたんだよ」

同じパターンで百人ぐらいの恨《うら》み買ってそうだな。

ため息をついた後、錦戸の口調はすこし変わった。岩から木ぐらいにはやんわりと。

「……俺が落ちた年に採用されたアナウンサーは、まあ、色男だったよ。声も抜群《ばつぐん》によかった。集団面接の時点で『ものが違う』ってのが一目瞭然《いちもくりょうぜん》だ。あそこにいた全員、そう思ってただろう。実際、人気も出た。でもその後が悪かったよ、周りからちやほやされすぎて天狗《てんぐ》になっちまった。毎晩姉ちゃん連れて飲み歩いた挙句《あげく》、生放送二回すっ飛ばして干された。当たり前だ、どんなにうまくて華があろうが、そんなアナウンサー怖くて誰も使いたくねえ」

「その方、今はどうされてるんですか」

「辞めたよ。その後は知らん。悪行《あくぎょう》が回ってるから、フリーになろうたって無理だったしな」

狭い業界で噂が広がるのは早い。計の採用の経緯《けいい》がほうぼうに知れ渡っているように。

「自業自得だって皆言った」

錦戸の語調がまたきつくなる。憤《いきどお》っている——違う、悲しんでいる。

「調子に乗って自滅《じめつ》した……そうだよ、そうだけど、調子に乗らせて神輿《みこし》担いでおこぼれに与《あずか》ってた連中には何の責任もねえのか？　もっとシメるとこシメてちゃんと育ててやってりゃ別の結果もあったんじゃねえのか？　ふざけんなって話だよ」

それから、忘れ物みたいなつぶやき。

「……俺は、あいつのアナウンスが好きだったんだよ。あんなすごいやつにならら負けてもしょうがねえって、悔しい以上に誇《ほこ》りに思えて、嬉しかったんだ」


丼《どんぶり》と雑炊が運ばれてくると錦戸はそれまでのしんみりした空気など存在すらしなかったようにものの一分で食べ終わり、計に「遅《おせ》えな！」と言い放ってさっさと先に店を出た。会計はしてくれた。半分スープみたいな雑炊はおいしかった。数日ぶりに、胃が食べ物を喜んでいるのが分かった。

夜の取材まで待ち時間があったのでアナ部で夕方ニュースを見ると、数時間前の自分が映っている。オンエアでも錦戸マジックは有効で、国江田計は実に王子さましていた。計にはそれが嬉しかった。仕事のせいでこんなにへこまされているのに、仕事に救われてもいる。

――もの創《つく》る悔しさって、また別のもの創ることでしか晴らせねえしさ。

潮もそんなふうに言っていた。まだ、好きになるなんて思ってもなかった頃に。

あの時の言葉の意味が、やっと分かるような気がする。

「あ、いたいた、国江田くーん！」

しかし鼻にかかった甲高《かんだか》い声に、ようやく上向《うわむ》きになりかけた意欲がごそっと削《そ》がれた。何だよド愚民《ぐみん》！

「よかったー、やっと捕まったあ。例のインタビュー、来週木曜日だから」

あ、「シネナイト」。すっかり忘れてたよ。

「忙しいからマスコミ試写難しいでしょ？　ＤＶＤに焼いて持ってきたから、資料と合わせて当日までに目を通しておいてね」

「ありがとうございます」

「あと壁ドンね！」

うわあ。

「は、はい」

その時、部長席から「木曜日？」という声が飛んできた。

「それって動かせないのか？」

「駄目ですよー、タレントさんの日程がありますから。どうしたんですか？」

「いや、国江田さすがに働かせすぎだから、労政《ろうせい》からのクレームがすごい」

部長が苦《にが》い顔をする。

「去年も夏休み取らせずじまいだったし、急だけど来週木曜日から再来週《さらいしゅう》いっぱい、有休消化させるつもりだったから」

「収録は午前中に終わりますよ。木曜午後からつけとけばいいんじゃないですか？」

「そうするか……国江田もそれで問題ないか？」

「はい、ありがとうございます」

承諾する前提のくせにわざわざ確認すんなや。勝手に入れられる仕事と同じぐらい勝手に入れられる休みも釈然《しゃくぜん》としない。

「設楽《したら》と麻生には俺から言う。あいつらつるむと好き放題するからな……。気分転換に旅行でもしてこい」

なるべく遠くに行くほうがいいぞ、もし何か大事件が起こっても呼び出されずにすむから、とありがたくも不吉なアドバイスもちょうだいしたが、旅行なんか面倒くさい。せいぜい、上げ膳据《ぜんす》え膳を求めて実家に戻るぐらいだろう。

夜のロケ現場から自宅へ直帰《ちょっき》し、持ち帰ったDVDをひととおり流してから、買いはしたもののリビングのローテーブルに積みっぱなしだった漫画の山に手をつける。……何じゃこりゃ、この幾何学模様みたいなコマ割り、どういう順番で読むんだ？　少女漫画をまともに読むのが初めてなのでお約束が分からない。戸惑いつつ二、三巻ばかり目を通すとだいぶいろいろと慣れてきて、話そのものをちゃんと追えるようになってきた。壁ドンの課題を踏まえて、男の台詞《セリフ》を口に出してみたりしながらページをめくる。

——お前、ちょっとは素直になれよ。

——ほんとかわいくねーな。

——そういうとこ、嫌いじゃねーけど。

「……うっせーわボケ!!　よそさまの娘さんにダメ出しできるほどてめーは偉いのか！　年金も納めてねえ分際で一人前に色気づいてんじゃねえ！」

思わずインクに向かって毒づいた。素直になろうと思ってなれるわけねーだろ、心がけごときで素直になれるんならそれはそもそも素直な性格なんだから素直になれよなんて言われることもなく——自分でもよく分からなくなってしまった。ていうかいつの間にか目のでかい絵柄への違和感も消え失せてヒロインにどっぷり感情移入してしまっている、少女漫画おそるべし。

そして、九割五分《ぶ》が恋愛要素だから、つい己を顧《かえり》みてしまったりもするわけだ。

「あー……」

ソファに寝そべって膝《ひざ》から下をばたばたさせ、どうしてもうちょっと理性的に話せなかったのか、と予定調和の後悔に煩悶《はんもん》した。どんなに八つ当たりしても、潮《うしお》は最後には許してくれるから余計に。あいつ何だかんだで心広い、と思えば相対的に自分の狭小《きょうしょう》さを痛感してしまうけれど、潮にならなら負けていてもいい。

もうちょっとだけ、と漫画に向き直る。この仕事が終わって夏休みに入ったらすぐ会いに行って、ちゃんと謝るから。

あとすこしだけ、待ってて。


「あーよかった〜！　ありがとー国江田くん」

インタビューの収録終わり、壁ドンの首謀者《しゅぼうしゃ》はご機嫌だった。

「いえ」

「映画も原作もばっちり予習してくれたおかげで、先方も喜んでたわよぉ。ここだけの話、この直前に入ってたインタビュアーが不勉強でちょっと怒ってたから心配だったんだけど、もーう全然！」

「お役に立てて光栄です」

「それにもーあの壁ドン！　メイクさんとかも皆きゃーきゃー言って……うちでも録画して永久保存版にしようっと」

「はは……」

死ぬほど恥ずかしかったわ。金輪際《こんりんざい》、私情の仕事持ってくんじゃねーぞ。

ともあれこれでしばらく自由の身だ。万が一にも仕事を言いつけられないよう隠密《おんみつ》に退社すると、しばらくぶりにフルコースで掃除をし、リネン類も残らず洗濯してベッドを整えた。いやだってほら、十日もあるし。うち何日かはここで過ごすかもしれないし。決してやましい期待をしているわけではなく……とエア潮に言い訳をしながら長めの風呂に入り、現実の潮のところに行ったのは夜になってからだった。

久しぶりなので、合鍵がちゃんと鍵穴に挿《さ》さっただけで何だか安心する。まさか換えられているわけもないのに。そうっと、でも、これみよがし、でもなく、いつもどおりの勢いを心がけてかちりと回し中に入ると部屋は暗く、潮の靴もなかった。

電気をつけて回りながら二階に上がっても無人で、何だよ、と拍子《ひょうし》抜《ぬ》けしてしまう。勢い込んだ時ほど空振りしてないか俺。いやむしろ好都合なのか？　今度はこっちが「おかえり」って言える。そこで「何か用」と仕返しされたり……はしない。潮だから。

買い物か、食事にでも出かけているか。二階でテレビを見ながら待つことにした。その時点で八時過ぎ。しかし九時になっても、十時を回っても潮は帰ってこない。

あれ。おっせーな。腹減ったし、何だよもう。携帯を覗いてみたりするが、アポなしで来ている以上何の連絡があるわけもなく、さりとてこっちからアプローチするにも、顔が見えないとまた事態をこじらせてしまいそうで二の足を踏む。たまたまチャンネルがジパングだったので「ニュースメント」が流れていたが、頭がバカンスモードになっているせいと、潮の帰りが気になってあまり意識せずにすんだ。

その「ニュースメント」も、エンディングに向かう。

――えー、ここでお知らせです。あすのこの時間はサッカー日本代表の国際親善試合放送のため、「ニュースメント」はお休みとさせていただきます。……木崎《きざき》くんは、どこか行くんだっけ？

――はい、某《ぼう》番組のメンバーと日曜までちょっと温泉旅行に。もう皆現地ついてて、僕もこの後追いかけます。

――某番組ってどこー？

雛壇《ひなだん》から声が飛ぶ。

――言いませんそんなの。

――他局他局！

——やめてくださいよ。

へえ温泉。もう暑いのにもの好きな。旅行ね、旅行、某番組……。

……まさかな。計はテレビを消して立ち上がると、おもむろに両開きのクローゼットを開け放った。服の手持ちがすくないからほとんど物置みたいなものだ。そしてかばん類も同様なので、ボストンバッグがひとつ消えているのにすぐ気づいた。丈夫な帆布《はんぷ》の、小旅行によさげな。

そして今度は冷蔵庫をチェックすると、水や瓶詰《びんづ》めはあれど生鮮食品が見当たらない。

おいおいおいおい。まじでか。一階、二階とうろうろしたがそれ以上の状況証拠は発見できず、別の角度から探ることにする。「パーソンズ」の公式ツイッターを探し、フォロワーにいくつか飛ぶと、すぐスタッフらしき人間にたどり着いた。

『すでにできあがってる』

七時間前、そんなつぶやきとともに写真が投稿されている。車窓《しゃそう》と缶ビールを持った手。そこからまた人間関係を追うと、やはり旅行中を匂わせる書き込みがちらほらあったので、某番組は「パーソンズ」で間違いなさそうだ。こうしてる間にひょっこり帰ってきやしないかとまだ期待をしていたが、玄関からは何の物音もしやしない。

で、どうする。いきなりアカウント作って「都築《つづき》潮っていう人も一緒ですか？」などと訊《き》くのは怪しすぎるだろう。電脳探偵、早くも行き詰まるの巻——いや。

そうだ訊けばいい。ブラウザを閉じて電話をかける。

『お疲れさまっすー。あ、そうだきょう、営業から差し入れにケーキもらったんすけど、国江田さん帰っちゃってたんで俺が食べました。いいですよね？』

果てしなくどうでもいいわ、と口をついて出そうになったがフォーマルの声で「皆川《みながわ》くん、今ひとり？」と尋ねた。

『あー……ひとり、つか社内なんで……ちょっと待ってくださいね、移動します』

竜起《たつき》の察しのよさはいろいろ厄介《やっかい》だがこういう時は便利だ。

『……はい、いいすよ。Dスタの前の、小道具積んであるとこに来ました。この時間だと誰も来ないっす。で、どうしたんすか』

「よし。……お前の無節操《むせっそう》な人脈、『パーソンズ』のスタッフにつながってねーか」

『え？　東洋《とうよう》テレビの？　つーか無節操ってどういうこと？』

「どうなんだよ」

竜起は訝《いぶか》しげに「たぶんつながりますけど」と答えた。

「全員じゃないと思うけど、きょうから温泉行ってるはずなんだよ。そこにあいつがいるかどうか知りたい」

『あいつ？　……まさか木崎さん？　たまに出てますよね。先輩、ストーカーはまずいっしょ』

「違うわ！　あーいーつ！」

『は？』

いつもの回転はどうした。計は「考えろよひとりしかいねえだろ！」と急《せ》かす。

『え？　え、ひょっとして都築さん？』

「そーだよ」

『普通に名前言ったらいいじゃないすか。なにその恥じらい、昭和の亭主関白《ていしゅかんぱく》？「おい」としか言えないみたいな？』

「うるせえ」

『ちなみにふたりっきりだとほんとは何て呼んでんすか？　うったんとか？』

「うるせえつってんだろが死ね」

『そもそも都築さんに訊いたらいいじゃないですか。俺から訊きます？』

「駄目。絶対、絶対しゃべんな。俺のケーキ食ったんだから、言うこと聞けよ」

『いいですけど～……ああ、分かった、浮気調査？』

背に腹は代えられないけど、募《つの》る、殺意が募る。

「あいつがするわけねーだろ」

思い上がりじゃなく、潮の人間性への信頼という意味で。

『あーそーすね、都築さんしそうにないっすね、国江田さんと違って』

「片棒担がせようとしたお前が言うな！」

何でこれだけの依頼にどっと疲れなくちゃいけないのか。とにかく段取りはしたので後は寝て待つ。と、一時間も経《た》たないうちに竜起から電話があった。持つべきものは使える後輩、これでうざい性格さえなければ。

『都築さんいるそうです。長野らしいっす。一応旅館も訊いときました。言いますね……』

素早くメモを取り、「お土産《みやげ》待ってます」という言葉には返事せず、通話を終了させた。

そして旅館名で検索するとすぐサイトに繋がる。いや行きませんけど。俺は真実を追求したかっただけであって、そんな、追いかけるとかガチストーカーじゃないですか。遅くとも日曜日には帰ってくるんだし、旅行とかたるいし、温泉にも興味ねーし。

ていうかさ、といざ温泉行きが確定すると腹が立ってきた。何でこのタイミングで旅行する？　しかも木崎絡《がら》みの面子《メンツ》で行く？　ひどくね？　そもそも待っててって言ったじゃん俺、いや言ってないか、いや言ったね、エアお前に。ちゃんと受信しろよ。湯けむってる場合か。

事実が明らかになればすっきりするはずだったのに、余計落ち着かない。これを開いたら負けな気がする、と思いながらも、計の指は「交通アクセス」のリンクに伸びていた。

新幹線の駅からリムジンバスで一時間半、山間《やまあい》のひなびた温泉地に目的の旅館はあった――

というか勝手に目的地にしてしまった。いやほら、部長にも薦《すす》められたし、十日も休んで「帰省してました」じゃいい年して実家べったりかよと思われそうだし……いやな感じに動悸《どうき》が速いのは「来ちゃった」&「国江田《くにえだ》さんモードでプライベート遠出」のダブル緊張のせいだ。本名でネット予約したので、小細工《こざいく》すると却《かえ》ってまずいと判断した。

「お待ちしておりました国江田さま、本日金曜日よりご一泊のご宿泊で間違いございませんか?」

「はい、お世話になります」

チェックイン時刻、ロビーには団体客もいたので一刻も早く密室に隔離《かくり》してくれと思いながらほほ笑み、ゲストカードに記入する。

「それではお部屋にご案内いたします、三階の特別室ですね」

「お願いします」

見栄《みえ》でも自分へのご褒美《ほうび》でもなく、いちばん高いその部屋しか空《あ》きがなかった。隣に来られるのがいやだから新幹線も並びで二席押さえたし、予想外の出費だ。ボーナス後でよかった。

無駄に広い和洋室に通され、茶菓子だのアメニティだの非常口だののくだくだ説明され、「些《さ》少《しょう》ですが」「いえいえそんな恐縮《きょうしゅく》でございます」の伝統様式を経《へ》てお心づけを渡したのち、若い仲居がようやく「ごゆっくりどうぞ」と引き下がる、かと思いきや「あのう」と両手を顔の前で合わせる。

「ご旅行でいらしてるのに、こんなお願いをしたらいけないのは重々承知なんですが……『ザ・ニュース』いつも見てます、サインいただけませんか？」

普段は笑顔でかわすようにしているが、アウェイかつ弱気な状態なので「ほかの人に内緒にしてくれるなら」と条件つきで応じてしまった。

「ほんとですか？　ありがとうございます！　あの、私、ほんとに昔からファンで！　深夜のバラエティでやってた『ラブホで元素《げんそ》の周期表をセクシーに読む』って企画、あれがもう大好きで」

「あ、ああ……ありましたね」

一年目の仕事なんかよく覚えてるな。ただでさえ心乱れている時にマニアックなネタで不意打ちされて若干《じゃっかん》笑顔が引きつった。やめろ、新人時代の仕事掘り返されたいアナウンサーはいねえぞ。

「もうやらないんですか？　特に私、第五周期の『路傍《ろぼう》のストローいじる子』ってくだりがどきどきしすぎて忘れられなくて……」

サインやるから忘れろ。

「じゃあ、お夕飯お運びする時、色紙持ってきます！　よろしくお願いしますね」

あー寛《くつろ》げない。梅雨の合間の晴天、山と渓流《けいりゅう》の景観を楽しむ余裕もなく籐椅子《とういす》に座り込む。

真っ昼間だから、潮《うしお》たちはどこかに出かけているかもしれない。旅館のサイトにあった観光案内によれば、近くで釣りやカヌーができるらしい。いようがいまいがここで対面する度胸《どきょう》はないけど。このまま部屋から一歩も出ず潮の姿も見ずにひと晩過ごしてまっすぐ帰るという徒労《とろう》と浪費《ろうひ》より、あのまま東京で毒素溜め込んでいるほうがきつい、それだけの話だった。

やることねーな、とぼんやり余暇を持て余している自分はきっとつまらない人間なんだろう。義務感なく仕事先の連中と会ったり出かけたりする性格にはなれない。温泉に、と屈託《くったく》なく笑っていた木崎《きざき》みたいにはなれない。

でもいやなんだ、潮以外といても楽しくない。潮以外は好きじゃない。潮が傍《そば》にいなくても働くし、頑張る。それでも計の世界は、潮がいないともう回らない。重てーな、と自分でも引くが、潮はきっと、それでもいいよと言ってくれる。

部屋のドアチャイムが鳴った。早くも色紙を持ってきたのだろうか。あのテンションだと逸《はや》るのも納得だ。仕方ない、さっさとすませよう。

特別室はいかにもな高級感のある格子《こうし》の引き戸で、ドアスコープもチェーンもついておらず、計は無造作《むぞうさ》に戸を開けた。

「はい」

「ちわっす」

扉のすぐ脇《わき》の壁に、潮がもたれていた。

「え……？」

戸を閉めることも思いつかず呆然とする計を部屋に押し込み、潮は「お邪魔しまーす」とスリッパを脱いで上がり込んだ。

「うお、広っ……いい部屋っすねー。あ、露天風呂ついてる」

そのまま室内をひととおり見て回ると「茶、淹《い》れる？」と立ち尽くしたままの計を振り返った。

「え、うん」

「座れば」

「……うん」

計が元の位置に戻ると、潮は早くも勝手知ったるのようすで備《そな》え付《つ》けのミニキッチンに立ってティーバッグを湯呑《ゆの》みに入れ、ポットの熱湯を注《そそ》いだ。

「お、俺らの部屋より茶菓子も高級そう」

盆《ぼん》をテーブルに置き、計の向かいの椅子に腰を下ろす。あまりに普通の態度なので、計は慌てたものか、それとも平然と振る舞うべきか自分自身の心を決められない、ふわふわしたおかしな感覚だった。

「いっこだけ言い訳させて」

潮が切り出す。

「……なに」

こっちこそいろいろ言い訳、というかごまかしたいんだけど。無理か。

「『パーソンズ』のロケ中に何人か仲良くなったスタッフがいて、今度泊まりでどっか行こうぜって話になったんだよ。その時点で三、四人のつもりだったのに、いつの間にか人数膨《ふく》れ上《あ》がって、木崎さんも参加できるみたいですってなって正直困った。でも宿選びとか全部やってもらった手前、じゃあ俺キャンセルって言えなかったんだ」

「ああ、うん」

何とリアクションしたものか分からず、生返事っぽくなってしまった。

「ほんとに納得してるか？」

「してるけど——や、ていうか、何で俺が来てるって」

まさかまじで受信しちゃった？　しかし潮の答えは至って現実的だった。

「お前が探り入れるように頼んだ誰かさんから聞いたに決まってんじゃん」

潮は携帯を取り出し、竜起《たつき》からのメッセージと思《おぼ》しきものを読み上げた。

「『国江田さんが絶対言うなって言うので、それは言えってことかなって思ったんで言いますね』——だって」

「だからネタ振りじゃねえっつうの!!」

どうしてどいつもこいつも、ありもしない裏を読むのか。

「まあそういうわけで、来んのかもしんないって思ったから、チェックイン始まってから売店の陰で張ってた」

「ストーカー！」

「お前が言うのかよ――つーかさ、何でわざわざ皆川《みながわ》に頼むわけ？　直接俺に訊《き》きゃいいじゃん」

声にちらりと不満を覗かせたが、計がぐっと言葉に詰まるのを見て「いや」と言い直した。

「違うな……あー、また俺間違えた」

「え？」

潮はお茶をひと口含んで「あち」とつぶやいた。

「――じゃあ本題な」

そこでようやく、ぺしっと頬を叩かれたような軽い緊張が走った。ひとりにしろと喚《わめ》いておいていざいなくなられると旅先まで追いかけてくるなんて、最終的に許してもらえるとしても呆《あき》れられて当然の所業《しょぎょう》だ。自覚ぐらいはある。

「俺さあ、お前んちで待ってる間に漫画読んでたんだよ。テーブルに置いてあったやつ。最初は全然コマの順番分かんなかったけど」

同じことを考えているのが笑える。でも、何でいきなり漫画の話？

「あーまだるっこしい話だなと思いながら読んでて、お前が帰ってきて……ああなって、そりゃむかついたけど、ひとりになってから反省した。正論で追い詰めてお前のことテンパらせるの初めてじゃないのに、俺がしくった」

潮の顔は、優しかった。

「未《いま》だに操縦《そうじゅう》方法を間違えるんだよな……」

「おい操縦ってどういうことだ」

計の抗議を無視して続ける。

「漫画読んでて、いらいらするわけ。何ではっきり言わねえのとか何でそこで逃げんのとか。でも『分かっててもできない』ってあるんだよなって、お前見てたら気づく。俺が考えることぐらい、お前だってとっくに考えてたんだろ。つまずくと身動き取れなくなる性格なの知ってるくせにああしろこうしろって押しつけて、ますますお前をがちがちにしちゃったと思ってる」

潮の顔を見られなくなって、膝の上でいじいじ指を揉《も》んだ。そんなふうに言われたらますます自分のふがいなさが身にしみる。お前別に、何にも悪くねーじゃん。

「そもそも俺は、安全地帯っていうか、お前が必要とする時に必要な感じで傍にいてやればいいって思ってるはずなんだけど、まあ一年ちょっとだと修行が足りねーんだろうな。台所にレッドブルの空き缶並んでんの見たらはらはらして、黙って見てんのもきついんだからなって言いたくなる」

「……知ってる」

「計」

潮が盆《ぼん》を横にずらして身を乗り出し、ガラステーブルに、両手のひらを上向けて置く。ゆるゆる顔を上げると、久しぶりにまともに目が合った。

「……ごめんな、計」

「潮」

計も両手を重ねる。

「俺の声、聞こえてる？」

突然何を言い出すのかと思っただろう、でも「聞こえてるよ」という答えが返ってきた。優しい声だった。きゅっと手を握られると、そこで絞《しぼ》られたように涙が出た。

「……俺の声、聞こえないって」

「ん？」

「聞こえないって、言われた……言われちゃった……」

ずっと心の中に押し込めてこらえていたものがぼたぼたこぼれ落ちる。あの言葉に傷ついたのだと認める勇気が出なかったけど、やっと向き合えた。しゃくり上げてしまわないように大きくゆっくり、肩で息をした。潮は泣くなとも泣けとも言わない。ただ計の呼吸に合わせて指を開いたり閉じたりして落ち着くのを待っていた。

「そーかそーか、ひでーおっさんだな、こんなに頑張ってんのに」

もう頑張り方が分からない。言われたとおりにやっても、言われたとおり以上にやっても「好きでもないくせに」と皆に思われているようで「できるからやっている」のがいけないことのようで。そんなもろもろを、涙と鼻水でぐしゃぐしゃにブレンドしてつっかえつっかえ吐き出す。

透き通ったガラスの上にいくつものゆがんだ塩水溜まりができた。昼下がりの部屋には外の梢《こずえ》を通した陽射しがまだらに降り注ぎ、たぶん東京にはいない鳥のさえずりがエアコンのかすかなうなりと混ざる。なぜか、子どものころの夏休みの、ぽっかりと暇だった時間を思い出した。やがてゆっくりと日が暮れて父親が帰ってきて、母親がつくった食事を三人で囲む、きょうの憂《うれ》いもあすへの不安も、何もなかった日々。ああ、安全地帯ってこういうことか。涙がぱりぱり乾いてきてかゆい。

潮は計の話を聞き終えると「いつまで休み？」と尋ねる。

「来週いっぱい」

「そっか。再来週《さらいしゅう》も別に行かなくていいぞ」

「え」

「誰に？」

「設楽《したら》さん」

「心すり減らしてまでするような仕事じゃねーだろ。お前なら何だってできるんだし、いっそ気がすむまで休めよ。それで誰が文句言ってきても守ってやるし、テレビ出ないでずっと傍にいてくれるほうが俺も嬉しい」

そういえば前にも訊かれたな、「テレビ出んのやめてくれっつったらどうする」って。あの時は一蹴《いっしゅう》したけど、今はどうなんだろう……って、考えてしまっているのが答えじゃないのか？　裏表使い分けて全国ネットで顔さらす生活、今までよく保った。こんなに大変だと知っていたら、社長の打診を断っていたはずだ。

そうだよ「好きじゃない」からいつ辞めたっていい。内勤の部署に異動させてもらうとか。皆すぐに俺のことなんか忘れて「ザ・ニュース」にも新しいアナウンサーが投入されて。誰も何も困らない。

計は頬や目元を手当たり次第ごしごしこする。そして勢いよく立ち上がった。

「……冗っ談じゃねー‼」

腹の底から声を出すと、自分の中心に芯が一本充塡《じゅうてん》されたようにしゃんとした。

「今この状態で辞めたら完全に負け犬じゃねーか！　俺が辞める時にはなあっ、会長以下幹部全員にB1まで頭めり込ませて『辞めないでください旭《あさひ》テレビが傾いちゃう』って言わせてやんだよ！　社屋《しゃおく》の隣に国江田記念館が建ってんだよ！　お前は受付でもやってりゃいいからそれまでいい子で待ってろ‼」

突きつけた人差し指を握って潮が笑った。

「ほらな、お前ってやっぱそういうやつなんだよ……あーあ」

嬉しそうな、でもちょっとだけがっかりしたような複雑な声音。

「またプロポーズされちゃったし」

「してねーよ」

「将来は『国江田さん』で食わしてくれんだろ？　ていうかお前、そもそも俺の目には仕事大好きにしか見えねーんだけど」

「えっ」

いや、そこを否定されたら悩みの半分ぐらいが無駄骨じゃないか。困る。

「お前、言ってることと内心が大概《たいがい》真逆だからな。好きだろ？」

「全然」

「じゃあ俺のことは？」

「……それ今関係ねーだろ!!」

「ま、いいけど。言うこと言ったし」

潮も立ち上がって大きく伸びをした。こいつはこいつなりに緊張してたのかもしれない、と思う。

「じゃ、行くか」

「どこに？」

いくら用事がすんだからって、まさかここから東京にとんぼ返りする気にはなれない。「決まってんだろ」と呆れたように潮が言う。

「温泉来たからには風呂に入るんだよ」


一泊十万近い特別室だから、部屋付きの露天風呂も複数人が余裕で入れるほど広い。そして露天とはいっても、ブラインドを上げてガラス戸を全開にすれば景色をお楽しみいただけます、という半オープンな仕様、逆に言うと開けさえしなければプライバシー厳守の内風呂に。

でもこういうプライバシーを想定しているわけじゃない、はず。

「……風呂、入るんじゃなかったのかよ……っ」

「その前に身体洗わねーと、ほら」

「あ、んんっ……！」

ボディソープをまとった手が背後から身体の前面に這わされ、乳首を探り当てる。摩擦《まさつ》のない指先でぬるぬると往復され、泡にまみれて立ち上がる。

「あっ」

ゆっくりと肌を流れ落ちていく乳白の成分さえ焦《じ》れったい愛撫のようだった。泡の中からぷくりと朱《あか》い種が現れ、それはどんなに指でこねられても弾《はじ》けて消えたりしない、どころかもっと疼《うず》きを確かにして膨《ふく》らむ。

「や……」

喘《あえ》ぎは密室の湿度でいっそう濡れ、いつもより尾を引いて響く。ことさらにどこを弄《いじ》られなくとも、背中に密着する潮の肌の感触やどんどんと叩いてくるように乱暴な鼓動だけで身体の内側からざわざわして、ぎゅっと抱きしめられると好きすぎて苦しかった。こんなに混じりけのない気持ちと肉欲がまったく矛盾《むじゅん》せず同時に潮に向かうのはふしぎだ。

「んっ」

顎の下、脇腹、と石鹸《せっけん》をなすりつけられて、潮の手のひらとすべらかに同化していく気がする。耳の後ろを何度も吸い上げられ、毛先のしずくごと髪の毛を含まれる。計はちいさな風呂椅子の上で身じろいだ。抗《あらが》いとも誘いとも取れるその仕草も、膝立ちで覆いかぶさる潮の腕の中だ。

「あぁ……!」

潮が下腹部を撫で、あからさまな発情を握り込む。ぬろぬろ上下されると、やわらかな手、硬い舌、そんなような、今までと違うものに愛撫されている感触に喘《あえ》いだ。きつく締めつけられてもソープの作用で滑《すべ》り、圧が逃げていくもどかしさに反《そ》り返っていく。潮の手からしみだす泡混じりの白い液体は、まるで性器全体がじんわりと射精しているみたいだ。計はぎゅっと目をつむる。

「計」

「ん、あっ」

見えないはずの動作を咎《とが》めるようにねっとりと耳を食《は》まれた。

「いい？」

「やだ……っ」

「何で」

「ぬるぬるして、ふ、ふしだらだ……」

言った端から、言葉のチョイスを間違えたという自覚はあった。一拍置いて潮が吹き出す。

「ふしだらって……どこのお嬢さまだよ……」

「うるさい」

「やばい、興奮してきた」

「何で!?」

腰の後ろに当たっているのでそれが冗談じゃないのは分かる。

「男心の分かんねーやつだな」

「俺も男ですけど！」

「知ってるよ」

ぬるん、と先端を弄《もてあそ》ぶ。

「ああっ！」

強い快感が走り、潮の手に指を食い込ませた。すがる相手が目の前にいない不安は、なぜか性感とミックスされて性器を過敏にする。腹と背中の間で硬直する熱をことさらにすりつけられるならいっそう。

「や、っあぁ」

きゅ、と快楽の密な乳首を嬲《なぶ》られながら昂《たかぶ》りをこすられると、透明な液がソープにとろりと混ざる。あられもなく露出した頭部は湯気で蒸し上げられたようになまめかしい色をし漏《ろう》出《しゅつ》をじょじょに濃くしていった。そして、いきそう、と感じた瞬間、何も我慢をさせられず激しく扱《しご》かれた。

「ああ、あっ、潮……っ！」

急激に追い上げられ勢いよく昇り詰めたものだから、ちいさな孔《あな》では窮屈《きゅうくつ》だとばかりに飛び出した精液が結露《けつろ》した鏡にまで飛んだ。

「あ……あ――」

久しぶりに濃い射精へ導かれ、全身が懐かしい倦怠《けんたい》に包まれた。そして覚えのある、次への疼き。男の生理としては「終わった」はずなのに、絶対に自分では触れられないところがもっと先を求めている。

「おい、動けるか？　椅子どけんぞ」

「ん……」

促《うなが》されるままのこの上に両膝をつくと、洗い場の、シャンプー類が並ぶ段差に手をつかされ、腰を突き出す格好をさせられた。

「や……っ」

照明は茶とオレンジの中間の色合いで決して明るくはないが、何を見るのに不自由するというわけでもないので、こんな動物みたいな体勢はいたたまれない。なのに、訴《うった》える間もなく体内に指が差し入れられた。

「あぁっ！」

それも何らかの皮膜に覆《おお》われていてまっすぐ計のなかに収まってしまう。

「や、なに」

「保湿用のオリーブオイルだって」

恥ずかしいほど無抵抗な内部に指を行き来させながら潮が言った。

「脱衣所の豪華なアメニティセットの中にあった。さすがだな、特別室」

「バカ……っ」

だからそんな用途じゃないって。身体の内側から計を執拗《しつよう》にまさぐる動きに四肢《しし》の先から形をなくしていきそうになる。前にしてから結構経っているから、そこはまだ頑《かたく》なにすくんでいるべきなのに、オイルの助けで深く挿《さ》さった指が腹のほうの、しこりみたいな発情が埋《う》まった地点に辿《たど》りついてしまう。

「や、あぁ、あっ」

浅いところからじょじょに馴《な》らされるはずなのに、奥が先んじてうねり、ひらき、異物を啜《すす》り上げる。指と爪の差異すら感知してしまいそうなほど粘膜《ねんまく》は敏感になった。

「ああ、やっ……」

重力にゆるくたわむ背すじを尾《び》てい骨《こつ》まで一気にたどり、その真下の口を埋めた指は性器と同じ動きでまっすぐになかを前後する。身体の内外で潮の手に翻弄《ほんろう》され、すのこについた膝の痛みも感じない。性感は寒気に似ているのに、浴室の水分で燻蒸《くんじょう》された肌は融点《ゆうてん》を超えそうに熱かった。

「あ、そんな、速く、すんな……っ」

くちくち絶え間ない卑猥《ひわい》な音が湯気に溶けてどこまでも広がってしまう。

「何で。痛い？」

そんなわけがないのを知ってて訊く。

「やだ、音……っ」

「あー、なるほど」

潮は爪が引っかかるぎりぎりまで引き返し、それからもう一本加えて一気に押し込む。

「やぁ、ああ……！」

「音がすんのは、お前がきゅうきゅう搾《しぼ》ってくるからだと思うよ」

「し、らない」

蹂躙《じゅうりん》を欲しがって引き込むのも、オイルと欲情で潤《うる》んだふちがひくつくのも、計の意思じゃない。

「あっ、や、や……」

「どんどん引っ張られんの……もっと奥まで行っていい？」

「ん……っ」

心臓まで探られそうなもっと奥、が欲しくて頷くと、指をしゃぶる内壁にもっとずっと硬いものがあてがわれた。いっそ暴力に近い充溢《じゅういつ》なのに、潮とするセックスはいつでもどこかが優しい。どくどく主張する脈をまとった性器を隙間なく挿し込まれ、抉《えぐ》るようになかをこすり上げられても。

「ああ、あ——あ、あぁ……っ」

計は無意識に片腕を伸ばし、しがみつく先がないからぺたりと目の前の鏡に触れた。一瞬、つめたさが心地よかった。

「……っ、く」

「あぁ……っ！」

根元まで、最後のひと息は潮も我慢できなかったのか強く打ちつけられ、その拍子《ひょうし》に手は、計が出した精液ごと曇《くも》った鏡面を拭《ぬぐ》って落ちる。

「あ――」

多少水滴で濁《にご》ってはいるが、じゅうぶんクリアな鏡の中の自分と目が合った。苦しそう、だけど単に苦しいんじゃないのが分かる、情欲を帯びた陶然《とうぜん》の表情。

「あ、どーも、ご親切に」

鏡越しに潮が覗き込んでくるのまでが分かり、慌てて顔を伏せた。血が集まってくらくらする。

「違う、ばか……っ」

「せっかくだから見りゃいいじゃん、俺はいつも見てるけど」

からかいとともに腰を揺すられ、性交のたびにさらけ出す痴態《ちたい》を思えば、毎回自分ではどうしようもないとはいえ恥ずかしくて消えたい。

「ん、や……っ！」

「ほら、見ろって」

「やだ……、お、俺の、」

「ん？」

「高度な清廉性《せいれんせい》に傷がつく……っ」

背中の上で潮が笑う。

「えっろい顔して何言ってんだか」

「あ――」

潮が計を見ているというなら、こっちだってそうだ。汗と欲望をにじませて計の身体を貪《むさぼ》る潮の顔をたくさん知っている。でも、鏡に映った状態を目にするのは、カメラに撮られているみたいで正視できない。

どきどきして死んでしまう。

「んっ、あ、あぁ」

突き上げられるごとに滴《したた》る汗。滴る水。滴る息。それらが届かない奥底に満ちる快感。うずうずと過敏をいじめられたくて収縮《しゅうしゅく》するところへ、潮の昂りは寸分たがわず届く。体内を無造作に掘削《くっさく》しかねない熱を包んだ内壁は発情に熟《う》れとろけんばかりだった。

「お前の身体って、ふしぎだな」

獲物を捕獲した残酷さでがっちり腰を捕らえ、律動を繰り返しながら潮が言う。

「やらかいのに、ぎちぎちきつい」

計に言わせれば、自分をこんなふうに変えてしまう潮の身体こそがふしぎなのに。だってしようと思ってできることじゃないだろう。頭が真っ白になる恍惚と貪欲《どんよく》。

「あっ、ああ、あ……!」

収縮すれば潮は膨らみ、膨らめば計は収縮する。絡《から》まる交歓《こうかん》はらせんを描きながら遠くへ遠くへいこうとする。いつも、もう駄目だ、届かなくなる、と思った瞬間に潮の射精で繋《つな》ぎとめられる。

「あ、すげ……」

「ああっ……」

繋ぎとめられて、計の昂りも弾ける。今度は深い充足《じゅうそく》の中に沈んでいく。

ふやけるまで風呂に浸《つ》かり、部屋で涼んでまどろんだりしているともう夕方だった。

「そろそろ戻ってめし行かなきゃ」

隣でごろごろしていた潮が起き上がる。

「団体だから時間厳守なんだよ」

「ほかのやつらってきょうどうしてた?」

「釣りとかレンタサイクル借りて渓谷《けいこく》でサイクリング。俺は体調悪いって行かなかったけど」

計を待つため遊びにも出かけずひとりだったんだと思うと、今さら気が咎《とが》めた。潮こそ、せっかくの旅行なのに何しにきたんだか分からない。計の顔色を読んで、潮は「いいよ別に」と軽く言った。

「ばっちり釣れたし、つーか獲《と》れたし」

「俺のことかそれ」

「水揚《みずあ》げされたみたいに転がってんじゃん」

「うっせー、早く行け！」

こっちはこっちで部屋に夕食が運ばれてくる予定なので、鉢合《はちあ》わせたらまずい。やっぱ外って落ち着かねーな。玄関までついていくと、扉の前で抱きしめられた。長いキスをする。

「……夜になったらまた来るから」

「何時ぐらい？」

「そんな遅くなんねーだろ。どうせ全員遊び倒して疲れてるからすぐ酔いつぶれると思うし」

だから待ってろ、というささやきに鼓膜《こまく》と唇がふるえた。

「……うん」

「何か、これはこれで密会ぽくて悪くねーな」

こっちもまさに今そう思っていたところなのだけれど、口に出されると恥ずかしいのでぐいぐい潮を押し出した。

小一時間後には絶対食べきれない量の料理がこれでもかと座卓に並べられ、色紙とペンもその一部みたいに差し出された。給仕は固辞《こじ》してひとりであれこれとつつく。不測の運動のせいで腹も減っていたし、ゴールデンのチャンネルをあれこれザッピングしながらの気ままな夕食は悪くなかった。

おひとりさまディナーを終え、食器類がすべて片づけられると窓際の板張り廊下に置いてあるひとり用のソファにかけ、ようやくゆっくり景色を眺めた。といっても東京と違って人工の光源は見当たらず、じっと目を凝《こ》らしていると星空を切り抜く山々のシルエットが浮かび上がってくる。月のない夜だった。高くついたけど何だかんだで結構堪能《たんのう》してんな、と思う。風呂浸《つ》かっていいめし食ってのんびりして、仕事を忘れて。

ふう、と目を閉じて背もたれに深く身体を預けた時、外からどおん、と音がした。遠くでいきなり落雷でもあったのかと、慌てて上体を垂直に戻しガラスの外に目を凝らす。するとついさっきまではなかった赤い光が、橋を挟んで川の上流に繁《しげ》る木立《こだち》を照らしていた。昇る黒煙《こくえん》。火事? 考えるのと同時に計は動き出していた。それが何かは、自分の目で確かめればいい話だからだ。

「わっ……」

部屋の外に飛び出した時、ちょうど来ていた潮とぶつかりそうになった。

「どうした?」

計のただならないようすを察して、真顔で尋ねる。

「さっき音聞こえなかった?」

「花火みたいな?」

「そう。何か燃えてる、近く」

それ以上自分から説明できることもなかったのでとにかくロビーにダッシュする。潮もついてきた。フロントに119番を頼むと、売店の前に例の仲居がいたので「すみません」と声をかける。

「あ、先ほどはありがとうございました」

「それはいいんです、それより自転車二台貸していただけませんか?」

「え、でもレンタサイクルは昼間だけで……」

「急ぎなんです、お願いします。必ずお返ししますから」

じっと目を見て頼むとすぐに番号札のついた鍵をふたつ持ってきてくれた。ありがとう、と礼もそこそこに自転車置き場へと急ぐ。

「行ってどうすんの?」

「分かんね」

現場ばかり行かされていたから少々毒されている可能性もあるが、じっとしていられなかった。そうきつくない坂道を十分も自転車で走れば火元が見えてくる。ひらけた木立の中に門があり、その向こうの大きな建物から炎が上がっていた。

計は自転車を道の脇に停め、ばらばらと集まり始めた野次馬《やじうま》を手当たり次第捕まえて「ここは何の施設ですか?」と訊き回る。「さあ……」「旅行で来てるんで」という答えの中、いかにも近所のおっちゃん的な中年の男がヒットした。

「旅館だよ。古いんで、春から改装工事してて……」

「中に人は？」

「夜はいないはずだよ。廃墟マニアみたいな連中が入り込んで騒いでた時期があって、出入りは厳重に管理するようになったから。ほら、門にも鉄条網《てつじょうもう》巻きついてるだろ」

「火元に何か心当たりは？」

「うーん……大浴場じゃないかな。ここら一帯、地下から温泉汲《く》み上《あ》げてるから」

頭の中を「ガス」の二文字がよぎってぞっとした。異臭を感じはしなかったが、麻痺《まひ》してしまった可能性もある。

「温泉と仰《おっしゃ》いましたが、硫黄《いおう》などの成分は……」

「あ、それは大丈夫、天然ガスだから。じゃなかったら俺も怖くて来ねえよ」

「そうですか、ありがとうございます。まだここにいらっしゃいますか？　五分後にまたお時間いただいていいでしょうか？」

「は？」

「お願いしますね」

勝手に約束を取りつけると潮のところに戻り私用の携帯を手渡した。

「撮って」

「なに？」

「映像撮って、メールで設楽さんに送ってくれ。そこに番組のアドレス入ってるから。そうだな、十五秒バージョンと三十秒バージョン。厳密にその尺《しゃく》じゃなくていい」

現在午後九時過ぎ、十時からの「ザ・ニュース」に突っ込めるかもしれない。潮は計の意図を察して「俺が撮っていいのかよ」と尋ねる。

「だってプロじゃん。クレジットもギャラも出ねえしスーパーは『視聴者提供』だけど我慢しろ」

社内規定の謝礼で五千円ぐらいはもらえるかもしれない。あと、アサぞうグッズな。

「……分かった」

潮は頷き「いい場所探してくる」と走り出し、すぐに一度だけ振り返った。

「計」

「なに」

「やっぱお前、仕事大好きだと思うよ」

「好きじゃない」

計は答える。

「……好きじゃないけど、この仕事やってなきゃ、きっとお前とこうしてないから……そんだけ。じゃあな！」

そう、言うだけ言って計のほうから背中を向けると仕事用携帯で設楽にかけた。

『温泉旅館で爆発と火事？　長野？』

「はい。人はいないようですが山林に燃え移る可能性もあります」

『ちょっと待って――……ごめん、うん、報道のほうにも消防から来てたわ。ヘリ出すみたい』

「インサート用の映像、今撮ってるのでそちらに送ります。この後、地元の方の声をもらうつもりなので、それも」

『分かった。ほんとはドアタマに中継ぶっ込めればいいんだけど……市街地から相当離れてるんだよな？　長野旭《あさひ》に一応要請はするか』

「たぶん、着く頃にはオンエア始まってますね。これから消防と警察の車両も続々来るでしょうし」

『了解。何か動きがあったらまた連絡する』

「はい」

さっきの男に、顔を出さないという条件でインタビューを受けてもらい、携帯に収めて送信した。多少画質は粗《あら》いが、最近のスマホ動画は放送に耐え得るからすごい。旅館の名前を聞いて、サイトから運営企業の番号にかけたが誰も出なかった。

そうこうしているうちに消防車が列をなして到着し、門の錠《じょう》を破壊して敷地内にホースを運んでいく。ものものしさの中、火は勢いを増し、温められた風が髪を撫でた。建物の梁《はり》が焼け落ちたか、めりめりっと木が割れるような音がする。あたりにはたちまち規制線の黄色いテープが張《は》り巡《めぐ》らされた。

原稿の参考になるよう、情報を取っては逐次《ちくじ》メールで送っていると設楽から電話があった。

『今、中継班向かわせてる。もうすぐ着くと思う』

「そんなに早く？」

『近くの朝市、ローカルの朝番組で中継する予定で前乗りしてたチームがいたから。【Live《ライブフー》】な携帯の電波網《でんぱもう》を使ったコンパクトな中継システムのことだ。カメラと繋がったバックパックに機器が収まっているので大掛かりな中継車を出さずにすむ。

「分かりました」

『到着したら副調整室《サブ》と掛け合いチェックして……ギリだな。間に合うかどうか微妙だけどやってみよう』

「はい」

中継班の名前も聞かなかったが、パトカーの最後列にタクシーが近づいてきて停車したので、ひょっとしてと思い近づきかけると。

「ちんたらしてねえで早く払えよっ！　何で車が停まってから財布出す!?　……領収書もだアホ！　あ、おいトランク開けてくれ!!」

この声、とてもいやな予感がする。助手席から降りた男は計を見て「んん？」と顔をしかめた。

「兄ちゃん、こんなとこで何やってんだ」

「国江田です」


何やってるはこっちの台詞《セリフ》……ああ、系列回ってるようなこと言ってたな。一瞬テンションが下がったが、錦戸《にしきど》の腕と性格は把握《はあく》しているので、初対面のカメラマンよりずっとやりやすいのは確かだ。ことの次第を簡潔に伝えると「お前、事件づいてんな」と言われた。

「事件取材ばっかやってると事件のほうが寄ってくるようになるやつ、たまにいるんだよ。そいつが泊まりの時だけ何か起こるとか、プライベートで出かけても何かに遭遇《そうぐう》するとか」

そんなコナン君みたいな人生はごめんこうむる。

「中継の件、設楽さんから聞いてますか?」

「聞いてるも何もいきなり電話かかってきてとにかく行けって言われただけだよ。これから風呂入るとこだったのに……」

ぼやきは無視してクルーを眺める。機動性が売りのLiveU、しかも朝番組の軟派《なんぱ》ネタだからか人員は最小限だ。カメラは錦戸、照明と音声と、ADらしい若い男がひとり、の合計四人。

「あの」

早くも規制線ギリギリまで突っ込んでいって撮影ポイントを模索し始めている錦戸に声をかけた。

「リポートする記者と、中継Dは」

カメラの前でしゃべる人間、オンエアを聞きながら指示を出す人間、は絶対に必要だ。

「いねえよ」

錦戸は答えた。

「えっ？」

「こっちで予定してたリポーターは地元のミスなんとかの姉ちゃんだ。記者でもねえのにニュースのリポートさせるわけにいかねえだろ。そんで中継Dは、嫁が産気づいたんで夕方から市内に帰ってる。難産なんです、あしたの午前四時には必ず戻ってきますからって泣きながら土下座されちゃ引き止めるわけにもいかねえだろうが」

それはそうかもしれないが。

「……中継、できませんよね」

「だからそれを説明しようとしたら設楽が行け行けって急《せ》かしたんだよ!!」

そこへ、潮が戻ってきた。

「何か取り込み中？　——お、LiveU、初めて見た。後でちょっと触らせてもらっていいすか？　携帯回線って安定してます？」

つるぞ。

運慶快慶作《うんけいかいけい》、みたいなご面相《めんそう》の錦戸にまったく怯《ひる》まず話しかける。やめとけ、ブサイクがう
「基本的には近場のロケだな。山ん中だし、こっから東京に電波飛ばすのは正直断線が怖いが
……って誰だよこいつ」

「僕の個人的な知り合いで、インサート撮ってもらったり、ちょっとアシストを……」

そうだ、ここにひとりいた。潮なら何か手伝ってくれるだろう。計はおろおろとあたりを見渡すばかりの若い男を指して尋ねた。

「あのADは長野旭の局員じゃないんですか?」

こんなに使えなさそうなのに連れて来られているからには「行かなきゃならない」立場の人間だと推察した。

「ああ、楢山《ならやま》な」

錦戸は苦《にが》い顔で嘆息《たんそく》する。

「一応、お前と同じアナウンサーだよ」

「一応とは?」

「新人なんだが初鳴《はつな》きで事故っちまったらしい。どうやらVと原稿の順番がちぐはぐになってて、それは制作側が悪いが、あいつもリカバリできずに生放送で呆然としたんだと。とっさにCM入れてしのいだものの、本人トラウマになっちまって生カメの前ではまずしゃべれねえ。

だからDの修行でもさせるしかないって、今回ADに入ったんだよ」

しゃべれねえ、Dもできねえってどんだけ愚民《ぐみん》だ。めんどくさいことになってきた、と後悔しかけていた。休暇中だし、中継班に情報伝達して「後はよろしく」のつもりでいたのに。あほんとトラブルと緊急事態と想定外ばっかりで、こんな仕事。

「どうする。諦めてバラすんならそう言ってくれや」

「やります」

計は断言した。

「掛け合いありの中継、記者はあの彼、中継Dは僕がやります」

「お前が？」

「今まで現場で見てきたので、段取りは把握しています。新人にいきなりやらせるより現実的でしょう」

「あいつにしゃべらせるのも非現実的だよ。全国ネットの生中継なんて、お前は慣れてるか知らんが普通なら心臓が縮《ちぢ》む。しかも掛け合いありは……」

「原稿読ませるよりそちらのほうがまだリスクは低いです。麻生《あそう》さんがフォローしてくれますから」

「……なるほど」

こんなぎりぎりの状況なのに、錦戸は何だか楽しげだった。計は楢山に「フルネーム教えて」

と近づく。アナウンサー採用だけあってお顔のほうはそれなりだがどうにも線が細いと言うか頼りない印象だった。大学出たてだとこんなものだろうか。

「えっ」

「中継中にネームスーパー出すからサブに伝えて発注してもらわなきゃ」

「え、あの」

「時間がないから早くしてくれる？　――崇裕《たかひろ》？」

首から下げた社員証の氏名を読み上げる。

「は、はい」

「さっき何となく聞いてたかもしれないけど、楢山くんには中継でしゃべってもらうから」

「無理です」

てめえ、こんな時だけはっきり言うんじゃねえよ。

「大丈夫、僕もバックアップするし、掛け合いの文言《もんごん》あらかじめ用意してプロンプ出すから、それ読んで」

「無理です」

こんなに優しくほほ笑みかけてやってんのに何さまだ？

「無理でもやって、仕事だから」

突貫《とっかん》かつ急造メンバーで中継をやらなければならないのだから、こいつのメンタルにばかり構っている暇はない。錦戸に旭テレビと回線をつないでもらい、ちゃんとやり取りができるかどうかチェックし、一問一答の内容を打ち合わせる。その間潮は「何とかなるって」と雑に楢山を励《はげ》ましていた。

「ほら、きょうサッカーあるし、誰もニュース見ねえよ」

「そういう問題じゃ……」

計は「都築《つづき》さん」とサブとの連絡用携帯を潮に渡した。

「これで、サブの誰かとつねに状況を共有してください。中継が始まったら僕はイヤーモニター《イヤモニ》をつけてオンエアの音を聞きながら楢山くんに指示を出します。なので、残り時間が何秒だとか、そういう情報をカメラの横から逐一《ちくいち》教えてほしいんです」

「分かった」

「おいっ、邪魔だ、そこで何してる!?」

ひとりの警察官が威嚇《いかく》するように手であたりを払いながら近づいてきた。物理的に存在が障害だから迷惑がっている場合と、単にうっとうしいから邪険《じゃけん》にしている場合、中継に何度も駆り出されたら警察や消防の顔色も読めるようになってくる。こいつは後者だな、と判断した。前に出ようとする錦戸を制して「お疲れさまです」と殊勝《しゅしょう》に頭を下げた。こういう時、知名度は役に立つ。

「旭テレビの国江田と申します。報道目的で取材をしています。規制線の内側に踏み込むようなルール違反はしていませんし、消火活動の動線を塞《ふさ》いでいるとも思いませんが、具体的に不都合があれば改善します。教えてください」

「いや、それは……」

まっすぐ見据えてやると、警官は反論できずにもごもごと口の中で文句を転がしながら去って行った。

「お前、結構言うじゃねえか」

「錦戸さん」

「あん？」

「この間……食中毒のロケの時は、僕を矢面《やおもて》に立たせないためにわざと乱暴な言い方で対応してくださったんですね」

「それがどうした」

そんなことか、と言いたげだった。

「身体張って演者《えんじゃ》守るのが俺らの仕事だろうが。そのぶんお前らは、オンエアで返すんだ――ええ、そうだろ、楢山!!」

突然怒鳴られた楢山は「ひっ」と身を縮めた。

「キー局の先輩がここまでしてんだぞ！　腹括《くく》れ、尻尾《しっぽ》巻いたら男じゃねえ」

とはいえ根性論でどうにかなるほど中継は甘くない。今回はオンエアモニターもなく、自分が実際の画面にどう映っているのかも分からない一発勝負だ。設楽の言葉に従《したが》うなら、計がしゃべるのが視聴者のほうを向いた選択だろう。相手は麻生だし、Dがいなくても何とかなりそうではある。

でも、ここで、それこそ荒療治《あらりょうじ》してもカメラの前に立たせないと、楢山はこのままアナウンサーからドロップアウトしてしまうかもしれない。ラジオならできたとしても、テレビ局のアナウンサーとしては落第者だ。別にこいつが駄目になろうが俺の人生にちっとも影響しない。初対面だし、便宜を図ってやる義理もない。

でもお前「なりたくてなった」んじゃないのか？　いろんな努力して入ったんじゃないのか？　無理ですって逃げてるばっかでいいのかよ。中継道具の中から引っ張り出したスケッチブックにマジックで台本を書き殴りながら考えていた。汗が首すじを流れ落ちる。

「五分前だって」

サブと電話を繋ぎっぱなしにしている潮が告げる。と同時に計の携帯が鳴った。設楽かと思って取ると、麻生だった。

『素人《しろうと》と掛け合いなんて俺はごめんだぞ』

開口一番、ここまでの努力を水泡《すいほう》に帰《き》すストライキ宣言に絶句しかけたが、何とか「素人じゃありません」と反論した。

「ちゃんと訓練を受けたアナウンサーですよ」

『でも中継は未経験なんだろう。素人と一緒だよ。お遊戯会《ゆうぎかい》はローカル枠《わく》だけでやってくれ。全国ネットのアタマからなんて正気か？　自分の番組を練習の場にされてたまるか』

「ちゃんとレクチャーします」

『その必要性が分からん。そんな手間かけるぐらいなら国江田が出ろ。とにかく俺はしゃべらない』

「麻生さん。お願いします」

　食い下がると、冷笑に近い苦笑が返ってくる。

『らしくないな国江田、何をむきになってる？　規模は大きいかもしれんが首都圏でもない、死傷者も出てない火事だろう？　画《え》的に引きがあろうと放送事故のリスク冒《おか》してやっつけの中継ぶち込むほどのネタとも思えない』

　麻生の言い分は正しい。計自身、今からでもやめたほうが大火傷《おおやけど》せずにすむという迷いはある。でも、だけど、俺は。

　言葉を探して、見つけられずにいる計の手から突然携帯が奪われた。

「おい麻生、てめえまたわがまま勝手言ってやがるのか？　相変わらずだな！」

「ちょっと、錦戸さん――」

「……国江田がやりたいってんだ、やらせてやれや」

　初めて、錦戸が名前を呼んだ。でもそれ以上に「やりたい」という言葉が計をはっとさせた。

そうだ、やってみたい。不安要素だらけでもこの中継をやりたい、成功させたい。

ほらよ、と突っ返された携帯を再び耳に押し当てる。

『国江田、どんな手品だ?』

「え?」

『錦戸さんだよ。若手の言うことほいほい聞いてやるような御《ぎょ》しやすい性格じゃない』

「いえ、特に心当たりは……」

『まあいい、ご老公《ろうこう》に免《めん》じて中継に乗ってやる。不体裁《ふていさい》があればDであるお前の責任だ、休み明けにゆっくり話そう』

「はい」

思いっきり脅迫をちょうだいして、ピンチを先送りにしただけという気もするがとにかくこの場は何とかなった。錦戸に「援護射撃ありがとうございます」と礼を言う。

「あいつ嫌いなんだよ。天狗《てんぐ》の鼻一度もへし折れねえまま、今じゃ大天狗《おおてんぐ》だからな。……ああいうやつも、いるんだよなあ」

一瞬だけ、遠い目をした。

「二分前」

潮の声。計はイヤモニを片耳にはめて棒立《ぼうだ》ちの樒山に近づいた。

「大丈夫?」

「無理です」

顔面蒼白《そうはく》で同じ台詞を繰り返す。ふるえる弱音が、イヤホンから聞こえる洗剤のCMと混ざった。酵素《こうそ》の微粒子《びりゅうし》とやらで失敗の思い出も分解できたら簡単だがそうはいかない。自分の手で、洗い直すしかない。

「できません……」

気持ちは分かる。計だってそうだった。潮がいてくれなければ戦えなかった。でも今はたぶん「分かってやる」べきじゃない。

「じゃあ、どうしてアナウンサーになろうと思ったの?」

「えっ」

「なりたかったんじゃないの?」

「なりたかった、です」

楢山はか細い声で答えた。

「一分半前」

「キー局も準キー局も軒並《のきな》み駄目で、友達は受かってて……長野旭かよって、バカにされたりもしましたけど、内定もらった時は本当に嬉しくて……」

そう、と計は頷く。そして自分の声がサブに届かないよう楢山の襟元《えりもと》についたピンマイクを手で押さえる。

「俺はそういうの、全然分かんないけど」

あ、俺って言っちゃった。まいっか。見下すような表情を浮かべてみせた。

「え」

「一分前」

「その気ないのに通っちゃった。アナウンサーになってくれって言われて。しょっぼい地方局でも引っかかりさえすれば幸せとか意味不明」

楢山の片襟が内側に折れ込んでいたので、直してやる。

「悔しい？　ムカつく？」

「三十秒前！　おい、もうすぐだぞ」

恐怖と緊張に凝固《ぎょうこ》しきった瞳をにらみつけて、楢山にしか聞こえない声で言った。

「悔しかったら見せてみろよ」

「何を、ですか」

「好きでやってる人間の底力ってやつ」

そして計はカメラの真下にしゃがみ込んでストップウォッチをセットし、もう片方の手で広げたスケッチブックを構える。

「——タイトルまで十秒前」

自分でカウントを取るのは初めてだった。計は大きな声で「いきます」と宣言する。自分の声で覚悟を決める。やるしかねえからやるんだ。やりたいからやるんだ。

「きゅう、はち、なな―、ろく、五秒前」

広げた指をたたんでいく。よん、さん、に―、いち。

イヤモニから、聴き慣れたオープニングのMが流れてくる。そしてタイトル明け、スタジオで麻生の声。

「麻生さんのコメント終わりで現場の画」と潮。

――こんばんは。「ザ・ニュース」、今夜は長野県内の温泉施設で起こった火事の映像からお送りします。火は今も燃え続けています。現場には長野旭の楢山アナウンサーがいます。楢山さん。

「はい、中継行った！」

と、計はプロンプを持ち上げる。

――楢山さん。

麻生の呼びかけに、楢山は固まったまま動かない。計は「一言受ける」と書いたページをペンで叩きながら「しゃべって」と指示する。

――楢山さん、現場は今、どういった状況でしょう。

「楢山くん、受けて。プロンプ見て」

その言葉はまったく耳に入っていないようだった。硬直した目が、錦戸のカメラだけを見つめている。完全に金縛《かなしば》り状態だった。

――楢山さん、聞こえますか？

麻生は再度問いかけ、三秒待って「失礼致しました、回線の状態が不安定なようです」と言った。やばい、これは。

――……上空の、ヘリからの映像に切り替わりますか？

終わった、と思った。中継切られる。ついでに休み明け俺も切られるかも。

その時、計の斜め後ろで潮が怒鳴った。

「バカ野郎、自分の言葉ぐらい持ってんだろうがアナウンサー！　しゃべれ！　国江田計に恥かかせんな!!」

いやこれ、オンエアに音乗っちゃったらお前が放送事故、つーか追い詰めてどうする。夏なのに、背中に冷や汗が噴き出した。

しかし楢山は、催眠術が解《と》ける合図でもされたように突然しゃべり始めた。

「静かな温泉街が騒然《そうぜん》としています。私は今、火事の現場となった旅館の前にいます。あたりには焦《こ》げくさい匂いが立ち込め、夜なので見えにくいんですが、真っ黒な煙がもうもうと空に昇っています。現在、消防車六台が近隣の山に延焼《えんしょう》しないよう必死の消火活動を行っています」

ところどころふるえはしたが、はっきりした声だった。ちゃんと、計の出すプロンプも認識している。

――けがをされた方などはいらっしゃるんでしょうか？

何事もなかったように麻生が質問を続ける。

「いえ、近所の方によりますと春から改装中で、幸い内部は無人だということです。今回の出火原因についてなんですが、地下から温泉を汲み上げるボイラーの機械に何らかの異常が起きたとの見方があるようです」

――こちらからは、大変な勢いで炎が上がっているのが見えますが、これは先ほどまでと比べていかがですか？

「そうですね、こちらに三十分ほど前に着きましたが火の勢いはその時よりやや収まったようにも見えます」

潮が「中継締めます、スタジオに返します」と伝達する。

――楢山さんありがとうございました。

終わる、よかった。そう息をつきかけた瞬間、規制線の向こうに消防士でも警察官でもない色の服を着た人間が見えた。

「錦戸さん！　カメラ！　あそこにズーム！」

指差しながら潮には「中継まだ降りない！　中に人がいる！」と怒鳴った。

「中継続行！」

潮が短く的確に伝えると、ほどなくして麻生の「何か新しい映像が入ったようです」という声が聞こえた。よし、ちゃんとつながってる。ただしここからはプロンプが存在しない。本当の意味でリポートをしなければならない。安堵の寸前でまた緊張のてっぺんに連れていかれ、パニックで能面のような顔をした楢山に言った。

「楢山くん、しゃべって。見えるものを見たままでいい。大丈夫、ちゃんと届く」

こんなに届けようとしてるんだから、届く。だから、届くまでしゃべり続けろ。それが俺たちの仕事だろう。

「規制線の内側、建物の敷地内に誰かいたようです。えー、たった今、消防士に両脇を抱えられながら救急車に向かっています。何とか自力で歩いているようです。ひとり……あとふたり、いますね。いずれも男性です。年齢や、現場にいた理由などは不明です」

計は顔のすこし上できゅっと手を握り、話をやめるようサインを送る。

「救急車が横通る。しばらく音聞かせて。錦戸さん、救急車メインでお願いします」

「おう」

「都築さん、インサートの用意するよう伝えてください。火事の画をもう一度見せたい。その間楢山くんの顔はワイプで」

「了解」

救急車のサイレンが遠ざかっていくと、潮が「インサートスタート！」と合図した。

「麻生さんのしゃべり終わりで今度こそ中継降りる！」

――ただいまお伝えしている、長野県にある温泉施設の爆発火事で、現場から三人の男性が救助されたもようです。いずれも自分の足で歩いて救急車に乗り込んだということですが、詳しいことは分かっていません。

突発事態をも平然と受ける麻生の声できちんとまとめられると、現場のごたごたはきれいに均《なら》され、何の波風も立たなかったと錯覚しそうになる。多少の粗《あら》などものともしない存在感、さすが大天狗さまとしか言いようがない。

――また、新しい情報が入り次第お伝えします。さて次のニュースは……。

「――スタジオに返します、中継終了」

計の言葉で錦戸がすっとカメラを下ろし、楢山はへなへなと地べたに座り込んだ。

「……終わった……よかった、できた……」

アホかできてねえよ、たかだか五分足らずの中継で目線泳いでるわ声不安定だわ早口だわ。二十点だぞ、二万点満点で。しかし楢山が泣いているので「お疲れさま」とだけ言った。設楽から電話が入る。

『お疲れ。冒頭とラスト、ちょっとひやっとしたけど、いい中継だったんじゃない?』

「すいませんでした」

『いやいや、こっちこそ休みなのに悪かった。もうバラしてくれていいよ。後は長野旭のほうで何とでもするだろ』

「はい、ありがとうございます」

錦戸と音声、照明のクルーに「ありがとうございました」と声をかけて潮を見る。

「……帰りましょうか」

「おう」

明るい笑顔が返ってきて、ああ終わった、と悪い意味じゃなく実感する。

おかしな夜になってしまったけど、これで一件落着のはずだった。

自転車を停めた場所に戻る途中で、やわらかい土に足をとられてすっ転ぶまでは。

かいん、と自分の頭が金属みたいな音を立てるのを聞いた。


タクシーに計と自転車を乗せ、旅館の部屋まで運ぶのは、錦戸というカメラマンが手伝ってくれた。

「どうだ？」

「んー……腫《は》れてきてるかも」

露出《ろしゅつ》した木の根っこに思いきり打ちつけた後頭部に不自然な膨らみができていた。触ると顔をしかめるので、意識喪失《そうしつ》はそんなに深くないようだった。氷水で絞《しぼ》ったタオルを当ててやる。

「しかし、転んで気絶って、こいつも案外間の抜けたとこあんだなあ」

「あー……そっすね」

間の抜けたところをおもに見ている身としてはコメントしづらい。

「……生中継の後で気が緩《ゆる》んだんだろうな。ただでさえ最近張り詰めてたし」

ベッドに横たわる計を見下ろして、しんみりとつぶやいた。

「まだ若いのに、こいつ見てると思うんだよ。『できるやつ』ってのは『できないって言えねえやつ』のことだなって」

同感だ。長年の力仕事で首から肩にかけての筋肉がずんぐり盛り上がったいかついカメラマンに、潮は好感を持った。

「もう、だいぶ火収まってきてんな、ある意味おいしいタイミングで撮れたよ。ところでお前インサート撮ったんだって？　見せてみろ」

「これっす」

計から借りたままの携帯を手渡すと、動画をじっと眺めて「悪くねえ」と言った。

「でもこのカット、もう一秒短いほうが気持ちいいと思うんだよ。んで、もう若干《じゃっかん》アオリで」

「あ、そうかも」

理屈ではなく「気持ちいい」という感覚の部分ですんなり語れる相手は貴重だ。

「急に中継連絡なんか頼まれて驚いただろ。テンパってわけ分かんねえこと口走るバカも珍しくねえのに、よくやってくれたよ」

「めちゃめちゃ緊張しましたよ。素で怒鳴ったし……」

ここにいない相手と情報をリレーしながらリアルタイムで発信するなんて綱渡りに等しい。計がいつもどれほどの重圧を受けて仕事をしているのか、すこしだけ理解できた気がする。

「ところで俺の声、マイクに拾われてました？」

「大丈夫だろ」

「今度三脚《さんきゃく》買い換えようと思ってんすけど、何かおすすめあります？」

「軽さを取るか丈夫さを取るかだな。俺はヴィンテンよりリーベックのほうが——」

機材談義に花が咲きかけた時、計がちいさくうめいて目をしばたたかせた。

「お、起きたか？　どうだ国江田、俺が分かるか？」

「……錦戸さん」

「おうそうだ。頭痛《いて》えか？　吐き気は？」

「ありません、大丈夫です」

茫洋《ぼうよう》と視線を泳がせつつではあったが、声はしっかりしていた。

「そうか。じゃあ俺戻るわ。頭は怖いから、ちゃんとした病院で診《み》てもらえよ。ひとまず今はゆっくり休め」

錦戸をタクシーで送り出してから計のところに戻ると、ベッドで上体を起こして、まだぼんやりしているようだった。

「何か飲むか？」

屈《かが》み込《こ》んで尋ねると、計はじっと潮を見上げた。

「ん？」

まだ覚醒しきっていないのかとも思ったが、目つきは至ってクリアだ。おかしい、と直感が告げる。素面《しらふ》でまともに見つめてくるなんて。いつもは必ず途中で照れて逸《そ》らしてしまうのに、こっちが居心地悪くなるぐらいまっすぐに。

「……おい」

「あの」

計が口を開いた。

「すみません、お名前を伺《うかが》ってもいいですか？」

間違ってもこんな冗談を仕込む性格じゃない、でもその言葉を事実として受け止めるのを脳が拒否したのか、潮《うしお》はしばしフリーズした。

「あ、ごめんなさい」

計《けい》（か？）が慌てる。

「すこし混乱しているみたいで、度忘れしちゃって……あの、お顔に見覚えはあるんです。僕の知っている方だと確信は持てるんですが、頭にもやがかかった感じがして」

「都築《つづき》潮」

と何とか平静な声で名乗った。

「都築、さん……」

その響きを口の中で転がして味わうような計の表情はどこか曇《くも》ったままだった。

「心当たりない？」

「はい……」

「何でここに来たのかは分かってる？」

「夏休みで、どこかに行こうと思ったんです。職場の後輩にここを薦《すす》められて……夜になって、山のほうで火が見えたので慌てて中継の手伝いをしました。偶然、面識のあるカメラマンの方が駆けつけてくださって助かりました」

計の記憶からは潮というキーワードがすっぽり抜け落ちているようだ。いや、計というよりこれは「国江田《くにえだ》さん」だ。とすると、素《す》の計はどうした？　潮を覚えていないから、前みたいに隠しているのか？

潮はかまをかけてみた。

「きょうは、眼鏡とマスク、どうした？」

「えっ？」

国江田さんはきょとんとまばたきした。

「目は悪くないので、眼鏡は使っていません。マスクは、乾燥《かんそう》が気になる時だけつけますが」

とても演技には見えなかった。となると、計と潮がまるっと国江田さんから省《はぶ》かれて半分だけになっているのか。その半分は、計の不在に無意識下で折り合いをつけ、記憶を改ざん、補完している。

……もっかい殴るか、おんなじとこ。

我ながらひどいアイデアがよぎったが、さすがに実行はできない。動揺が伝わらないより努《つと》めて気楽な口調で「ま、そのうち思い出すだろ」と肩を叩いた。

「とにかく今夜は疲れただろ、もう寝な」

「はい、ありがとうございます。おやすみなさい」

つき合い出してからはテレビ越しにしか見なくなった国江田さんの笑顔だった。部屋を出て扉の前でどうする、と自問した。いやどうするったってどうしようもねーな、俺医者じゃないし。朝になったらけろっと元に戻ってるかもしれない、いやむしろそうであってくれ、と祈り、潮は計の部屋を離れた。


「あ、おはようございます」

翌朝部屋を訪ねても、国江田さんに出迎えられた。落胆が出てしまわないよう笑顔をつくる。

「何か思い出した?」

「いえ、特にこれといって……あっ、そうだ」

「なに?」

「ゆうべの火事現場から救急搬送された人たちがいたんですが、軽い火傷《やけど》で命に別条ないそうでよかったです。廃墟好きの集《つど》いとかで裏側の門を壊して忍び込んでたら、たまたま爆発に遭遇したみたいで」

「へ、へー……」

勢い込んだぶん、その話かよ、という落胆が表に出てしまった。

「……関係ない話でしたね、すみません」

しかし心苦しそうにされると、早く思い出せなどとはとても言えないわけで。

「いや、焦《あせ》らなくていいよ。俺もう一泊するけど、国江田さんは？」

「きょうチェックアウトします」

「そっか」

潮は部屋にあるメモ帳に携帯番号とアドレス、それに自宅の住所を書いた。仕事用携帯には情報を登録していないはずだ。

「これ、俺の連絡先だから。何かあったらいつでも言って」

「ありがとうございます。……あ、僕の家と近いですね」

「うんそう。ご近所だから、うちに来てたりしてたよ。そもそもは国江田さんが俺んらに取材に来てくれて知り合ったんだ」

「そうなんですか……」

一向にぴんときていないようすだった。潮はため息を押しつぶして「気をつけて帰んなよ」とだけ声をかける。

日曜の夕方、旅程を終えて東京駅で解散するまで完全に上《うわ》の空《そら》だったので同行者には本当に悪いことをした。ひとりになると、次の待ち合わせ場所に向かう。

「えっ、きれいな国江田さんだけになっちゃったんですか？　まじで？　うけるー」

深刻になってほしいわけじゃないが、それにしてもこの軽すぎるリアクションときたら。きれいな国江田さんて、あと半分は何だと思ってんだか。まあ本人も「小汚い」って言ってたけどな。

「何だー、大事な話っていうから破局したのかなと思って心配しちゃいましたよー。あ、すいませんビールお代わりー、あともちチーズ焼き！」

「この状況も心配だろ」

「でも基本的なことは覚えてんですよね」

「ああ。仕事の段取りとかもちゃんと頭に残ってるみたいだ。でも、もし放送中にどどっと思い出したりしたらさすがにあいつも取《と》り繕《つくろ》えないかもしんねーだろ。だから、そん時はお前しかフォロー頼める相手がいない」

「分かりました」

竜起《たつき》は力強く親指を立てた。

「いつでも『いったんCMでーす』ってぶった切りますよ俺」

「いやそれお前がクビになるんじゃね」

「つか、都築さんのほうからがんがん記憶に訴《うった》えかけていくべきなんじゃないですかそれは。本人は何を忘れてるのかもよく分かってない状態なんでしょ?」

「そうだけどさ……」

プライベートの携帯は今も潮が持っている。言葉遣いの悪いメールのやり取りも満載だから返すのにためらう。逆に言えば、仕事用の携帯に計の痕跡《こんせき》はない。

「あなたの本性これですよって暴露《ばくろ》したらものすごいパニックに陥《おちい》るかもしんないだろ。ただでさえ不安だと思うんだよ、自分の中にすっきりしないことが残ってるのって」

「あー確かに、真実を聞かされたら死にたくなっちゃうかもしれませんよね、もしくは信じずに都築さんを名誉毀損《きそん》で訴える」

「だろ——って言いすぎじゃね」

「おっ、ノリツッコミ」

ひとりで考え込むより湿っぽくならずにすむが、このペースに巻き込まれると本題を忘れてしまいそうだ。

「じゃあこうさりげなく、思い出の場所とか?　思い出の品とか?」

「なくはねえけど」

「思い出のプレイとか」

「おい」

顔も名前も知られているのに、居酒屋のテーブルでこの発言。計の警戒心もどうかと思うがこいつのオープンさも大丈夫か。

「身体が覚えてるってあると思います」

「アホか……」

「え、何で？　やっちゃえばいいじゃないすか」

いともあっけらかんと言ってのける。

「それで思い出さなかったら俺はただのクズなんだけど」

「そうかなー。国江田さんは国江田さんで同一人物なんだから結局都築さんを好きになるっしょ。そのうち思い出せばいいねーって感じでつき合ってけばいいんですよ。一からやり直すつもりで」

「そしたら国江田さんじゃないあいつはどうなるんだよ」

さすがに腹が立ったが、竜起の強心臓《きょうしんぞう》には通じない。

「そりゃ俺だっていてくれたほうが面白いし、戻ってくるに越したことないですけど、頭の中の問題に手ぇ出せないでしょ。……そういう都築さんはどうなんすか？」

「え？」

「記憶が戻らない限り、国江田さんをそういう目で見られないってことですか？　半分だけの国江田さんはもう好きじゃない？」

「さあな」

テーブルに万札を置いて席を立つ。

「多すぎますよ」

「急に呼び出した迷惑料。さっき言ったことだけよろしく頼むよ」

店を出ると、アスファルトに吹き溜まったような夏の熱気で息苦しくなる。日が暮れても気温が下がらない。それはおとといの夜を思い出させた。あの時まで、確かに計はいたのだ。

「足下《あしもと》気をつけろよ」とひと声かけてやっていれば、足を滑《すべ》らせた計の腕を摑《つか》んで支えていれば、今も当たり前にいてくれたはずなのに。

あんなに悩んでもがいて、やっとすこし吹っ切れたみたいだったのに。ほんとバカだなお前。

——この仕事やってなきゃ、きっとお前とこうしてないから。

虫の知らせでもあったのかよ。あんな、らしくもない素直な殺し文句。あれが「計」とした最後の会話なんて、できすぎだろ。じゃあな、って。人を喜ばすだけ喜ばしといて。

東京の人混みは、抗《あらが》い、かき分けて歩くだけの気力を要求してくるからむしろありがたかった。もし周りに誰もいなかったら、流されることも逆らうこともできずに立ち尽くしてしまったかもしれない。

国江田さんが家に来たのは、月曜の夜だった。

「ご連絡もせず突然伺《うかが》ってすみません」

「いや、上がって」

すこし迷ったが、二階に通した。なじんだ場所を見せたら多少はきっかけになるかもしれない。計は椅子にかけ、もの珍しそうに室内を見回して「映像作家さんなんですよね」と言った。

「きのうきょうと、部屋の中をいろいろ調べて、去年の夕方ニュースの同録《どうろく》見つけたんです。ああ、取材ってこれか、と思って」

思い出したのではなく「過去を知った」だけの口ぶりだった。

「うん」

竜起に言われるまでもなく、あんなこと話したとか撮影があああだったとか、眠っている脳を積極的に突ついてやるべきに決まっている。でも「思い出を教える」というのは心情的に結構きつい。それをおくびにも出せないというのも。外で常に演技している計をちょっと尊敬した。

「めし食った？　簡単なもんでいいなら、今から作るとこだったし一緒に食おうか」

「いいんですか？」

国江田さんの顔がぱっと明るくなる。やはり心細いのだろう。潮との距離感が分かっていないので、こっちから詰めるとほっとするらしかった。笑った顔を見ると、それは無条件に嬉しい。

「何かお手伝いしましょうか？」

「いいよ、座ってて」

計の口からはまず聞けない、この殊勝《しゅしょう》な台詞。しかしベースは計のはずだから実は今も腹黒いことを考えているのか？　そうでないとしたら、徹頭徹尾《てっとうてつび》優しい王子さまの国江田さんが、偽《いつわ》りの仮面でなく存在しているわけで――人形に命が吹き込まれた的な？　じゃあ、あいつが日常かぶってる猫とも厳密には違うのか？　ややこしいなもう。

玉ねぎピーマンハムを刻《きざ》み、茹《ゆ》でたパスタと一緒に炒《いた》めてホールトマト、ケチャップで味をつける。計は家でだと何でも箸《はし》で食べるが、ちゃんとフォークを用意した。

「おいしそう」

「有り合わせだよ」

嬉しそうに破顔《はがん》した国江田さんは、潮が冷蔵庫から取り出した瓶《びん》を見てちょっと小首を傾《かし》げる。

「パスタとらっきょう、一緒に食べるんですか？」

「えっ？　あ……いや……」

軽くうろたえた潮に気づくと、労《いたわ》るように「そういう意外なこだわりって誰にでもありますから」と言った。

「らっきょうおいしいですよね」

「そーだね……」

ははは、と愛想《あいそ》笑いしながら、お前だお前、と思っていた。何ソースであろうと、パスタにはらっきょうをつけ合わせたがるのは計で、そのうちに何となくこっちも「パスタにらっきょう」が「カレーに福神漬《ふくじんづ》け」ぐらいの組み合わせであるかのように洗脳《せんのう》されて自然に出してしまった。

「とりあえず、食おっか」

「はい、いただきます」

両手を合わせてぺこりと頭を下げる仕草は、どこから見ても品と育ちのいい好青年だ。今生《こんじょう》の最後の食事は「ケンタッキーフライドチキンの皮丼《どん》」がいいなどとは間違っても言わないだろう。半分を普通に食べ、残り半分はお茶漬けにするとかも言わない。第二希望は「すき焼きで残った溶き卵をかけたごはん」だっけ。あ、やばいな、目の前にいないと「あいつおかしいなやっぱり」って再認識してしまう。

「あ、結構合いますね。口の中がさっぱりします」

本心かどうかは分からないが、パスタの合間にらっきょうをぽりぽりかじって国江田さんはおいしそうにしていた。

「そっか、よかった。病院行った?」

「あ、はい、その話をしようと思っていて。半日がかりで精密検査をしていただきました」

「結果は?」

国江田さんは、ちょっと困ったように眉根を寄せた。

「異常なしと言われました。頭部MRIも撮ったんですが、血栓《けっせん》などは見当たらないらしくて……記憶が一部欠けていると言ったんですが、頭を打ったショックがまだ続いているかもしれないので、日常生活に支障がないのであればもうすこしようすを見ましょうと」

「そっか、まあ脳出血とかしてなくてよかったよ」

がっかりしていないといえば嘘だが、表に出したら国江田さんを落ち込ませてしまうかもしれない。潮は「何か飲む?」と立ち上がって背中を向けた。

「ワインでいい?」

「あ、お構いなく」

白を選んだのは、設楽もまじえて三人で飲んだ時のことを思い出すかもしれない、と期待したからだ。あの晩、計はなぜかあたふたグラスを空《から》にして赤くなっていた。かわいかったな。当時はまだ騙《だま》されていたので、今目の前にいる国江田さんと同じモードなはずなのに、重なるようで重なりきらない。

「……都築さん?」

いけない、ぼけっとしてしまった。

「悪い、何でもない」

「あの……」

国江田さんはためらいがちにワイングラスをくるくる回す。

「うん？」

「自分の部屋に帰って……それが自宅だって実感はちゃんとあるんですけど、見覚えのないものをちょくちょく目にするんです」

「たとえば？」

「だて眼鏡」

「変装用だろ。旅行ん時はたまたま忘れてただけで」

「本棚いっぱいの漫画とか」

「あー……あれじゃね、仕事の資料とか。ほら、こないだもインタビューのために少女漫画読んでたし」

「そうなのかな。あと、やたら着古したジャージが」

「ゴミ出し用かも」

「あ、なるほど。じゃあ、家の鍵と一緒についてた、見覚えのない鍵があるんですけど、それって何だと思いますか？」

何って、ここの鍵に決まってますけど。

「レンタル倉庫借りてるとか？　会社のどっかとか？　仕事行き始めたら思い出すだろ」

ごまかしや偽りが不得手《ふえて》なのでひやひやした。何で俺が、必死でお前にお前のフォローしなきゃいけないんだか。元に戻ったら覚えてろ。

戻るよな、戻るに決まってる。

ワインが半分空《あ》いた頃、国江田さんはこっくり船を漕《こ》ぎ始めた。

「すいません――もう、おいとましないと……」

「いや、いいよゆっくりしてて。ちょっと横になって寝れば？　三十分も仮眠したらすっきりすると思うし」

「そういうわけには」

「いいって」

ベッドに連れて行こうと、ついいつもと同じ気安さで手を掴むと、瞬間、国江田さんの驚きが伝わってきたので今度は投げるように放してしまった。何とも言えず気まずい空気。

「ごめん、ぶしつけだった」

「いえ、僕のほうこそ、過剰に反応してしまって恥ずかしいです。すいません」

「ちょっと仕事片づけてくるから、寝るなりテレビ見るなり好きにしてて」

逃げるように――いや、逃げた。互いが後ろ手に秘密を隠して探り合う雰囲気から、酔ってすこし高い、国江田さんの体温から。

手がつかないのは分かりきっていたがパソコンを起《た》ち上げ、とりあえずいつでもできる（からいつまでもやらないでいた）フォルダの整理を漫然《まんぜん》と始めると、二階からテレビの音が聞こえてくる。素直、と笑いを嚙《か》み殺《ころ》した。

三十分ほどしてようすを見に上がると、国江田さんはテレビをつけたまま横になってうたた寝をしていた。リラックスできているなら何よりだ。音を立てないように食器を洗ってからそっとベッドを覗き込む。寝顔は計とそっくり――って当たり前か。

頭を撫でたくなって手を伸ばしたが、ためらって触れられずに引っ込めてしまう。またびっくりして目を覚ますかもしれない。触りてーよバカ、と思う。犬みたいにわしゃわしゃと、傷《いた》みやすい果実みたいにこわごわと、どんなふうにしても最後は信頼と了承で委《ゆだ》ねてくれる計に。すみずみまで互いを知った身体同士で優しく交わったり激しく交わったり、したかった。

計は今、どこにいるんだろう。

その問いが鼻先をくすぐりでもしたように国江田さんはむずっと鼻のつけ根に細かいしわを寄せた。時々、夜中に計がする表情そのままだった。悪い夢でも見ているのか、いつも腕で潮を探ってくっついてきて、背中を抱き寄せれば安心したように力を抜く。でも国江田さんは身動きせずうっすら目を開いた。

「ごめん起こしたか？　まだ寝てていいから」

寝顔を見つめていたと知られると引かれそうなので、さも今ひょいとやってきたふうを装《よそお》って声をかけると「大丈夫です」と淡く笑う。ふだんの計が見せない顔にちょっとどぎまぎして、それから軽い罪悪感を覚える。

——半分だけの国江田さんはもう好きじゃない？

竜起にははぐらかしたけれど、本当のところは自分でも分からないのだった。ありがさつな計も引っくるめてこそ好きで、半分ずつの計はそれぞれを補完し合うために必要で。どちらかが欠落《けつらく》するなんて想像もしなかった。でもその姿かたちで無防備にされればこっちも男だから心が揺れてしまう。

「僕……どれくらい眠ってました？」

「一時間も経《た》ってないよ」

「ほんとですか？　てっきり長いこと熟睡したのかと」

髪の毛を気にしながらすこしはにかんで起き上がると、不意に途方に暮れたような眼差《まなざ》しを、遠くへ投げる。

「なぜか家だと落ち着かなくて、眠りが浅いみたいで……」

でもすぐに「休みでだらだらしてるせいでしょうね」とつけ足した。不安や心細さをはっきり言いたがらないところは計と一緒らしい。

「あ」

国江田さんが上体を傾け、潮の向こうにあるテレビの画面を覗き込んだ。

「ごめん、邪魔だったな」

何がそんなに面白いのかと、身体の向きを変えて潮もテレビを見ると、ＣＭが流れている。

「僕、これ好きなんです。きのう家で見て、すごくいいなって思って。ＣＭって、見たいと思って待ってるとなかなか会えないから」

「……ああ」

ひと足早い夏のクリアランス、の告知。そこには、潮が作った花火の動画が使われている。夜空に弾《はじ》けて咲く刺繍《ししゅう》の花。そういえば先週末からオンエア解禁だった。

「あ、もう終わっちゃった。スーパー乗ってない状態のをもっと長く見たいな」

自分が作成に携《たずさ》わったのも忘れているらしい。あるよ、と言いたかった。俺のパソコンに入ってるから何度でも見られるよ。でも潮が本当に見せたかった相手は正確にはこの人じゃない
――と思うのは国江田さんにかわいそうだったし、計と同じに扱《あつか》うのは計を裏切っているようで心苦しい。とにかくこの混乱を気取《けど》られるわけにはいかない。

国江田さんの帰り際、玄関で「いつでも来なよ」と言った。

「俺、今週は外出する用事ないし、基本的にずっと家で仕事してるから」

「でもご迷惑では」

遠慮してみせるものの、国江田さんは明らかに嬉しそうだった。ああ、分かりやすいところも

一緒だな。ベクトルは少々違うけど。

「全然。逆に言うとうちに来ても特にお構いもせず仕事してますよってことだし……俺も、思い出してほしいしさ」

「……ごめんなさい」

なるべく気楽な口調で言ったつもりなのだが、悄然《しょうぜん》と目を伏せられてしまった。

「やっぱり、いい気持ちしませんよね。自分のこと忘れられてるって」

「いやそんなのしょうがねーじゃん、何覚えて何忘れるなんて選べるわけないんだから。いちばん大変なの国江田さんなんだから、気にすんなよ」

「はい……でも自分が情けなくて。こんなに優しい、いい人のことをどうして忘れちゃったんだろうって」

「買いかぶりだよ」

苦笑で流そうとしたのに「そんなことありません」と国江田さんがむきになって食い下がる。

「都築さんは、素敵な方です」

「……どうも」

「きょうはごちそうさまでした、おやすみなさい」

「うん、気ぃつけてな」

「はい。じゃあ、またあした」

あした、という言葉を嬉しそうに口にした。潮は何度も振り返りながら遠ざかる背中が完全に見えなくなってから扉を閉め、その場にしゃがみ込んだ。

何だ、何だもう、素敵とか、その顔で言うな。あいつなら絶対言わないような台詞。赤面しなかったか、自信がない。こんなの心臓に悪い。国江田さんの貌《かお》で刷《す》り込《こ》みされた雛《ひな》よろしく懐《なつ》いてこられるのも、ひとりで帰る後ろ姿を引き留められないのも。

——あ、都築さんどーもー。

——皆川《みながわ》?

——本日はスポーツコーナーの予定を一部変更してお送りしております。落としものですか? 山で熊と相撲《すもう》を取った時にすっ転んで川をどんぶらこと流れていったのはこっちのきれいな国江田さんですか? それとも小汚い国江田さんですか?

——いろいろ混ざってね?

——いーからいーから。どっちにします?

——いや、両方。

——はいアウト~! おにーさん欲張っちゃいけないな~。

——欲張るも何もそれが元々の状態だろ!

――ダメダメ、あれもこれもなんて手に入らないんですよ。じゃ、両方没収《ぼっしゅう》しまーす。
――待ておい！
――あー、巻きの指示が出ちゃってるんでもう締めないと。というわけで、CMの後はお天気でーす。やっと梅雨も明けるんでしょうか？

そこでばちっと目が覚め、頭が現実を認識すると一気に脱力した。バカバカしい夢を見てしまったものだ。何が腹立つって「あれもこれもなんて手に入らない」と言われて、そりゃそうだと思ったことだ。

ベッドの半分が空《から》っぽだった。国江田さんは、ひとりでちゃんと眠れているだろうか。

次の日、その次の日と国江田さんは潮のもとにやってきた。暇だからって帰省なんかされたら困るなと思っていたので、潮にとってもそれはありがたかった。親はさすがに息子の異変に気づくだろうし、そうなったら話が大きくなってしまう。休暇中とはいえ仕事のさなかでの事故だから会社にも伝わるかもしれない、それは計も望むところじゃないだろう。日の届く場所にいてくれるほうが面倒がない、どんなに本人のためだと言い聞かせても打算じみていていやだった。国江田さんが楽しそうだからいっそう。

国江田さんの生活習慣は、計とあまり変わらない。新聞をたくさん読んでニュース番組をたくさん見る。

「休みの間ぐらい怠《なま》けようと思わない？」

夕飯を食べながら潮は尋ねた。

「休み明け、情報についていけないと結局は余計に困るので、溜め込まないで毎日チェックするほうが楽ですね」

食卓には豚バラとレタスの炒《いた》めもの、なすの酢《す》の物、梅にゅうめん。信じられないことに国江田さんが作ってくれた。計は（すくなくとも潮の前では）まったく料理をしないのに、ちゃっちゃと鮮《あざ》やかな手際で、ほんと何でもできるんだよな、と改めて思った。

「国江田さんはさ、疲れない？」

「え？」

「テレビ出てる時はお行儀《ぎょうぎ》よくしてなきゃいけないだろ。だからオフの間ぐらい、何つうのかな、もっとゆるくてもいいと思うんだけど、カメラの前と全然変わんない感じして……どこで休んでるんだろって」

国江田さんはしばし考えてから「家では休んでますよ」と答えた。

「新聞読んだりって仕事の延長だろ」

「そうかもしれませんけど……僕は頑固《がんこ》なんでしょうね、自分が納得するところまでやらないと落ち着かないんです。だから仕事っていう意識はあまりなくて、半分以上自分のためみたいな」

「うん、知ってる」

自分を追い込んで追い込んで、絶対に折れないのも。

「ゆるいって言ったら、今のことかもしれません」

「ん？」

「都築さんの家にいるとすごくほっとします。ゆるいというか、そうですね、とても安全で安心できる場所にいるみたいな……すみません、よそのお宅なのに」

いや、と潮はかぶりを振った。

「嬉しいよ。ほんとに、すげえ嬉しい」

ものの数秒ではあったが、時間が止まったように見つめ合ってしまった。それから両方がはっとして、慌てて箸を動かす。

「なす、ちょっと酸《す》っぱかったですか？」

「いや、ちょうどいい」

そんな取ってつけたような会話で、硬直した空気を攪拌《かくはん》しようとしながら。

「国江田さんはさ、今の仕事、好き？」

記憶の呼び水になるかもしれないワードをさりげなく向けてみた。頭を打つ直前まで悩んでいたから、どこかしらに残っているかもしれない。

「簡単じゃないけど、そのぶんやりがいがありますね」

「そっか」

返ってきたのは国江田さんでしかない答えだった。

並んで洗い物をしている時（これも計だとありえない）、国江田さんはぽつりと「僕、ほんとにご迷惑じゃないんでしょうか」とつぶやいた。

「何で？」

「きょうなんか、ほぼ一日じゅう居座ってしまいました。都築さんがおつき合いされてる方に失礼なんじゃないかと」

「え、俺、いつおつき合いとかそんな話した？」

「いえ、聞いてないですけど」

水切りかごの食器を次々に拭《ふ》き上《あ》げる手の動きが止まった。

「僕と同じように、ここを居心地よく思ってる誰かがいるんじゃないかって、そんな気がしてならなくて」

もどかしい。確かにこの中に計がいるのに、どう呼んだら答えてくれるのか、潮の声が届いているのかすら分からない。あいつを出してくれ、と言いたくなる。でもここにいるのも計で、何も悪くない。お前じゃない、なんて、潮は絶対に言えない。

「いないよ」

「え？」

「だから、そんな相手いないって。へんな気遣わなくていいから」

「ほんとですか？　都築さん、きっともてるでしょう」

疑うそぶりで、目が輝いていた。嬉しくてたまらない、というふうに。潮は事態がどんどんややこしくなっていくのを感じる。ほかに好きなやつができるよりましなのか？　同一人物なんだから好きになるでしょ、という竜起の楽観をまったく信じていなかったのだが、ここまで率直《そっちょく》に表現されると思い過ごしと流せない。困った。毅然《きぜん》とする自信などなく、率直に嬉しいから困った。

「もてるのはそっちだろ」

「うーん……あまり。つまらない人間なんでしょう」

「いやおもしれーよ」

つい、即座に言い返してしまった。

「え？」

「覚えてないだけで、国江田さんてすっげえ、すっげえ面白いから」

「えっ、と、あの……」

潮の口調に何か感じたのか、国江田さんはおそるおそる尋ねる。

「それって、褒《ほ》め言葉ですよね……?」

「……………うん」

「何で間《ま》が空《あ》いたんですか?」

「気のせいだよ」

「えー……」

しばらく疑わしげに潮を見ていた国江田さんが、いきなり弾《はじ》けたように笑う。

「何だよ」

「ん?」

「すみません、今、都築さんがすごく真顔だったのがおかしくて。あと、ほっとしました」

「都築さん、前の僕がどうだったとか、言わないので。自力で思い出せっていうことなのかなって、訊かないようにしてたんですけど、嬉しかったです」

キッチンに並ぶ腕と腕がぶつかる。でも向かい合っていなくてよかった。

「僕、思い出しますから」

とささやくように言われた。

「頑張って、早く、思い出しますから……待っててください」

横じゃなくて前にいたら、抱きしめてしまっていたと思う。

土曜の晩。国江田《くにえだ》さんの短い夏休みは終わろうとしていた。潮《うしお》は、これはいよいよ何とかしなければと思う。計《けい》のことだから何だかんだで仕事の前には元に戻っているんじゃないかという希望的観測でもってようす見してきたが、タイムリミットが近い。働き出してもこの状態が続けば、それはもう腹を括《くく》って計の両親に打ち明け、助力を仰《あお》がなくてはならない。

「雨、やまないですね」

ベッドの上で膝《ひざ》を抱え、国江田さんがつぶやいた。潮は、ダイニングテーブルにノートパソコンを持ち込んで仕事している。

「うん」

日中は晴れていたのに窓の外は叩きつけるようなどしゃぶりで、傘《かさ》を差しても意味なさそうだから小止《おや》みになるまでいれば、と潮が引き留めた。こんなに降り続くとは思わなかった。別に泊まってもらってもいいのだが、できれば国江田さんの家に行きたい。試したいことがあった。「思い出の品」って真に受けるのも何だけど、あれしかない。

行ってあれを見せなければ、と思っていると、国江田さんが「そういえば」と口を開いた。

「ここに来る前、仕事用のかばんの整理していたんですけど……アクセント辞典」

「え？」

「ぱらぱらっとめくってみたら、隅っこに絵が描いてあって……あれ、ひょっとして都築《つづき》さんですか？　僕の似顔絵ですか？」

「……ああ」

あれ、の話を国江田さんのほうからされてしまった。

「やっぱりすごくおじょうずですね。時間かかったでしょう。でも僕、途中から豹変《ひょうへん》してたんですけど、あんな無頓着《むとんちゃく》な風体《ふうてい》の時ありますか？」

恥ずかしいな、ちゃんとしなきゃ、という照れ笑いが潮には「残念でした」と言われているように思えた。互いにとって大きな意味と価値を持つものだったのに。お前のこと知ってるよ、と潮から出したメッセージで、エールで、ラブレターで。計はちゃんと受け取ってくれて。棺桶《かんおけ》に入れてくれと軽口を叩いたら計は怒って。つい最近の話じゃん。なのに何で、きれいさっぱりの何でもない顔で笑えるんだ。あれで帰ってきてくれないんだったら、もう思いつかねえよ。計。

黙りこくった潮を、国江田さんが心配そうに見ている。

「……都築さん？」

いったいどうすればいいのか。その焦《あせ》りとやりきれなさをとうとうぶつけてしまった。

「俺じゃない」

「え?」

「俺が描いたんじゃない、知らねえ」

言ったそばから自己嫌悪に陥《おちい》った。いつだって優しくしたいのに。耳を塞《ふさ》がせるつもりなんかなかったのに。でもそれは計にであって国江田さんでなく、でも国江田さんだって計で。同じ顔を見ていれば見ているほど計に会いたくて寂しい。どうして会えないんだと怒りに似た気持ちを抑えきれない。

「……嘘だ」

国江田さんが顔をゆがめる。それを見て心が痛むのは本当なのに、潮は突き放したように「何で分かんの」と言ってしまう。だって、花火は気づかなかったくせに。

「覚えてねーんだろ?」

「覚えてなくても分かります。分かることだってあります。……ついこの前も」

やわらかに笑うことの多かった国江田さんには珍しい、決然《けつぜん》とした顔つきだった。

「……つき合ってる人はいないって言ってました。でもそれ嘘でしょう。好きな人がいるんでしょう」

「何だそれ」

「都築さんはいつも優しくて親切だったけど遠い感じがして、頭の中と同じもやがかかって見える時があって……僕は、ひとりだと寂しくてここに来てしまうのに、来ればもっと寂しくなった」

言葉が見つからなくて黙ると、雨音は檻《おり》になった。扉も錠《じょう》もなく、どこにも出られないし誰も入って来られない、そんな気がした。

「都築さん」

国江田さんが言う。

「もっと近くに来てください――今だけでいいんです」

潮はそれを拒《こば》めなかった。ベッドに腰を下ろすとスプリングの軋《きし》みが良心をこすった。

「頭がおかしいと笑われてもいいです。目が覚めて都築さんを見た時から、この人ともっと一緒にいたいと思ってました。以前のことは分からないし、都築さんにとってはただの知人だったのかもしれない。でも断言できます。都築さんのことだけ忘れてしまったのは、頭の中であなたの占《し》める割合がとても大きかったからです」

顔を赤くして、アナウンサーとは思えないほどぼそぼそつっかえながら国江田さんは話した。そして体温を逃がすようにふうっと息を継《つ》いで続ける。

「男の人にこんなの、自分でもびっくりしたんです。何度も何度も、思い違いじゃないかって考えました。でもやっぱり僕は――記憶を失くす前の僕だって、きっと都築さんを」

「ストップ」

慌てて唇に指を押し当てる。それ以上言わせるわけにはいかない。なぜかって、単純に理性がぐらぐらしかけているからだ。計ならありえない台詞《セリフ》がさっきから気前よく矢のようにばんぽん放たれ、もう無抵抗の的《まと》状態だった。刺《さ》さる刺さる。やっちゃえばいいじゃないすか、身も蓋《ふた》もない竜起《たつき》のアドバイスが刃《やいば》になって自制の糸を切りにかかる。俺も転んで気絶したいよ。

「それ以上言うな」

「言わせてもくれないんですか？」

雨に濡れたような眼差《まなざ》しがまっすぐ潮を見据《みす》える。

「好きなやついるから。ごめん、国江田さんの言うとおり、嘘ついてた」

「どんな人ですか？」

「ひと言ではちょっと……いや、はぐらかしてんじゃないよ、まじで」

「どこで何してる人ですか？」

食い下がってくる国江田さんは意外だった。計なら、本心はどうであれ臆病《おくびょう》さとプライドが先立ってこんなふうには絶対できないだろう。計と同じところを見つけても違うところを見つけても同量に胸は痛く、そして惹《ひ》かれる。視線を泳がせるのも許さない、瞳の一途《いちず》さ。

「……ちょっと旅に出てる、かな」

「いつ帰ってくるんですか？」

「分からん」

「じゃあ、その人が帰ってくるまででもいいです。迷惑はかけませんから」

「駄目だって」

自分への戒《いまし》めだった。ほだされちゃ駄目、絶対ほだされちゃ駄目――ってこれはほだされる前フリか。

「僕のこと嫌いですか」

「いやだから」

「望みがないんなら今すぐ帰ります、もうここには来ません」

「バカ」

とっさに潮は、国江田さんを壁に押しつけ両腕で囲い込んだ。心臓を痛めそうなほど鼓動《こどう》が激しく、雨音が聞こえなくなる。きっと国江田さんも同じだ。手は壁面《へきめん》に接着されたみたいだし、もう限界だと思ってしまう。印象は違えど計の外見でいる相手を、どんなに違う違うと言い聞かせても無理だ。

「……国江田さん」

「はい」

潮は二、三度深呼吸をする。

「……ちょっとその場で飛んでみ？」

「えっ？」

潮の影にぼんやり覆《おお》われた国江田さんが目を見開く。

「飛ん……？　あの、どういう意味ですか？」

「やっぱ駄目か……」

前とは逆だけど、覚えのあるシチュエーションに「思い出のプレイ」という言葉がよみがえった。結果、無駄に恥ずかしかったし国江田さんは確実に気を悪くしている。

「からかってるんですね」

「いやそうじゃなくて――」

その時、電子のアラーム音が鳴り響き、潮の手は簡単に壁から離れた。

「あ、僕です、すいません」

国江田さんが気まずそうに携帯を取り出す。

「こんな時間に目覚まし？」

「いえ、リマインダーが設定されてたみたいで……『シネナイト』？」

「あ、きょうか」

あらかじめ計が放送日にチェックを入れていたのだろう。絶妙のタイミングで「何やってんだボケ！」と怒られたような気がして、潮の頭はだいぶ冷えた。

「見よう」

テレビの電源を入れると、計が現れる。

——こんばんは。週末の夜、おすすめの映画を紹介する「シネナイト」の時間です。実は私、先日初めて少女漫画というものを読みました。最初は、ちょっとくすぐったいような気持ちだったんですが、どんどん引き込まれていきました。面白かったです。今夜は、その漫画が映画になった「キャラメルデイズ」をご紹介したいと思います。主演のおふたりにもたっぷりと裏話を……。

映画の宣伝ポスターをバックにインタビューが始まる。国江田さんは、吸い込まれるように見入っていた。

「覚えてる？」

「はい、聞いてると、『ああ』って……でも次の言葉は分からないんです。ずっと前に一度だけ読んだ推理小説を読み直してるみたいな」

計は出しゃばらず、聞き手に徹《てっ》しつつ巧《たく》みに話を引き出していた。じょじょに相手がリラックスして話に乗っていくのがはっきり見て取れ、やっぱうまいな、と感心させられた。こんだけできて、何を焦《あせ》るんだよ。

——映画「キャラメルデイズ」は来月公開予定です。ぜひ劇場でご覧《らん》ください。

計がインタビューを締めると、突然画面が真っ黒に変わる。ポップな効果音と「国江田アナ『壁ドン』に挑戦！」の白抜き文字。次のカットでは、カメラの真正面に計がひとりで座っていた。

——ちょっと精神統一させてもらっていいですか？

周囲から笑いが起こる。

——……よし、はい。

意を決したように立ち上がり、カメラに近づいてくる。インターチェンジなのかプリンなのかそれとも新ネタなのか。もはや大喜利《おおぎり》を見守る気持ちでいる潮の前で計はレンズに迫《せま》り、フレームの外に腕を突っ張る。

一度うつむいてから、ゆっくり顔を上げる。

——お前といると、時々甘えすぎて駄目になる。でも、お前がいなきゃ駄目にもなれないんだ。

やられた、と思った。これはもう完全に。公共の電波使うとか反則だろ。

テレビにかじりついていた国江田さんが、潮に顔を向ける。その目の中に、さっきまでと違う光を確かに見た。それはぐんぐん強くなり、国江田さんを包む空気の色まで変えていく。

「……計」

国江田さんが口を開く。

「……何点？」

「え？」

「今の、何点？」

「二万点」

潮は答えた。

「十点満点の二万点」

「だろ」

得意げに顎《あご》を突き出す姿は、もうすっかりいつもの計だった。

計は、頭を打った。次に目覚めたら潮の家で「シネナイト」のクライマックスだった。その時、夢の中でどんな不条理も気にならないのと同じく、およそ一週間の空白を意識しなかった。そして「だろ」という言葉がキーワードだったようにものすごい勢いで記憶のドミノがばたばた倒れ、ぱぱぱぱっと瞬《またた》く間に欠けたピースは埋《う》まっていき、計は計を取り戻した。急速なチャージについていけていないのはむしろ潮のようで、まだ半信半疑の顔で計を見ている。

計は放心した潮に人差し指を突きつけた。

「てめー、俺を振ろうとしたな?」

俺があんなに健気《けなげ》に、って違うなこれ。

「ていうか浮気だ! 振ろうとしたくせに携帯鳴らなかったら最終的にやっちゃってだだろ! 人でなし! これでイーブンだからもう俺の前科突つくんじゃねーぞ、分かったか浮気男!」

浮気浮気、と鬼の首を取ったように糾弾《きゅうだん》する計を、潮は思いきり抱きしめた。そのままぎゅうぎゅう力を込められ、息の根が止まるかと思う。

「こら、苦しいって、バカ——」

割と本気で骨が縮《ちぢ》みそうだったので計はもがいた。けれど、背中に回った潮の手が小刻《こきざ》みにふるえているのが分かると動きを止める。しゃっくりが混じったように乱れている呼吸。腕の中に計を閉じ込めながら、抱きしめられたがっているのは潮のほうだという気がした。

「……潮」

ようやっと殊勝《しゅしょう》な気持ちが湧《わ》いてきて、そっと「ごめん」と言う……予定だった。

「え?」

いきなり解放されたかと思うと、折り曲げた指の関節が両方のこめかみに押し当てられる。

「いった!!」

そのままぐりぐりと左右から頭を圧《お》され、計は叫んだ。

「人騒がせにも程があんだろーが！」

「ちょっ、痛い、骨へこむ、もっかい忘れる、まじで！」

手足をばたつかせて喚《わめ》くとようやく握っていた手をほどき、計の頬を挟《はさ》む。

「心配ばっかかけやがって……」

「お前だってでれでれしてたじゃねーか！」

「そうだな、新婚ぽくて悪くなかった、それは認める」

「ほら……」

「でも、お前じゃないとさ」

そう言ってもう一度、今度は優しく計を抱き寄せた。

「おかえり」

「……ただいま」

ただいま潮、ただいま、計の絶対安全地帯。

裸にされてシーツに横たえられると、計は潮の腕を摑んだ。

「なに？」

「……やっぱお前って、そうなの？」

「は？」

もうね何そのめんどくさそうな訊き方。お前こそ十分前と別人なんですけど。潮はそりゃ優しいけど、酸味や苦味のない糖度の高さを思い出すと自分で自分が羨《うらや》ましかったりする。ちやほやされやがって。

「だから——殊勝なのも好きっていうか殊勝なほうが好きっていうか……」

「そんならとっくに手出してただろ」

「迷ってたじゃん」

「そらまあ好きだよ」

あっさり肯定されてしまった。

「だって、もっぺんふたりっきりの時に国江田さんしてくれるなんて思わなかったし。楽しかったよ、ってお前が元に戻ったから言えることだけど」

「ふーん」

「納得いった？」

「じゃ、じゃあ、たまには、俺がしてやってもいい、けど……」

勇気と根性振《ふ》り絞《しぼ》って提案したのに、うろんげに顔をしかめられた。

「は？　聞こえねえ」

「だーから！　口でしてやるってんだ!!」

「いえ結構です」

やけくそで叫ぶと、あろうことか非常にビジネスライクな口調でお断りされてしまった。どこまで俺を辱《はずかし》めたら気がすむんだ？

「何で!?」

「国江田さんはそんなことしないから」

「真顔で言うな」

「いやまじで、思い出を汚されたくないっていうか。ほらあれだ、高度な清廉性《せいれんせい》」

「じゃあ何だ、俺はヨゴレ担当か!?」

「つーか、下手《へた》そうだから別にいらないかなって」

上手《うま》そうと思われるのも心外には違いないが、あらゆるパラメータが高数値だと自負しているので根拠なく見くびられると非常に腹が立つ。

「何でだよ滑舌《かつぜつ》いいし舌もよく動くし」

「関係あんのかな……まあ、じゃあしてもいいけど」

巷《ちまた》ではご奉仕《ほうし》なんて表現もあるぐらいだし、もっと素直に喜ぶとか照れるとかそういう反応を期待したのに、仕方なく許可出しますみたいな顔してるよこいつ。

はい、と口元にあてがわれたのは人差し指だった。

「ちゃんとできるかどうかテスト」

どこまでも偉そうな。しかし未経験につきリハーサルができるに越したことはない。計は口を開いて潮の指をくわえる。

「おい、いきなり歯が当たってんだけど」

いちいち細けーな、本番ではちゃんとやるっつうの。唇をすぼめて吸い上げた。舌の裏の、ふかふかやわらかなところに潜《もぐ》る指先に舌を絡《から》め、表側へ誘導する。指の腹をさりさり舐《な》めて爪との境目をくすぐった。きゅっと口腔《こうこう》全体で締め上げると生体《せいたい》だけが持つなまめかしい体温を閉じ込めている興奮を感じる。

「ん……っ」

やみくもに動かしていると舌のつけ根が強張りそうになってきた。でもまだ大丈夫、素人《しろうと》とは鍛《きた》え方が違うってところを見せてやる。

「ん、ん――」

おとなしくされるがままだった指が、退屈したみたいに口内を遊び出した。舌や口蓋《こうがい》をまさぐられ、つい鼻の奥から甘えたような息がこぼれる。ぬるりと頬の内側をこすり、歯列《しれつ》をひとつひとつ点呼《てんこ》めいた律儀《りちぎ》さで確かめ、そのうちに、ちいさな空洞には体温以外の熱が点《とも》り始める。痺《しび》れに似た疼《うず》きは、あふれてきそうに分泌《ぶんぴつ》される唾液《だえき》を飲み下《くだ》すごとに強くなった。

あれ、何かこれ、思ってたのと違くね。計の戸惑いを、前後し始めた指が封じる。

「う、んっ……」

長いそれは、喉奥《のどおく》の、むせそうになるラインを注意深く見極めて越えない。出し入れしながらいたずらに舌を叩き、唇の裏側へと忍ぶ。抜き差しされて濡れ、熱くなる粘膜《ねんまく》。普通にセックスだ、と思ったらたまらなくて、潮の指をごちそうみたいに舐め、しゃぶった。

ごちそう。食べたい。ぎゅうっと口腔全体で抱き締める。いてえな、と本気じゃない声で潮が言った。

「身体の中身吸い取られそう」

指を引き上げ、たっぷり水気を含んで剝《む》き身《み》の果物そっくりになった唇をつついて笑う。

「うまいだろ？」

「んー……合否《ごうひ》は追ってお知らせします」

「何が不満だよ！」

抗議をくちづけで塞《ふさ》がれる。合わさる唇がじんじん熱い。指でさんざん好きにされたところを改めて舌でおさらいされると自分が内側から固形を保てなくなって生クリームみたいに崩れそうだった。

「きょうは、気がすむまで触りまくったり舐めまくったりしたいの。だからまた今度な」

額《ひたい》と目線をくっつけて、逃げられない状態でささやくからずるい。それだけでいろんなところの神経がさざめき、期待をする。

「……次はねーよ」

「それはもったいないかなと思うけど」

唇の合わせ目に舌を差し込み、計が甘噛《あまが》みすると頭をよしよし撫《な》でた。

そして、不意に下腹部へとすべらせる。

「……んっ！」

「俺の面倒見てる場合じゃなくね？」

軽く握り込まれただけでびくびく旺盛《おうせい》な鼓動で反応するそこに施《ほどこ》しながら短いキスを何度も落としてくる。

「うっせ、あ、ぁ」

潮にしか見えない何かを吸い上げ回収するみたいに、あるいは何かを埋《う》め込《こ》むみたいに素肌を丁寧に口唇《こうしん》で愛撫し、すぐに色を変えてしまう乳首をついばんだ。

「ん、あっ……」

硬くした舌先で弾《はじ》かれるとそこは心臓へと興奮を流し込む電極になる。平素《へいそ》は存在すら意識しないのに胸の上で膨《ふく》らむのがはっきり分かる。つきつき痛いぐらい舌と手指にいじられて感じることを覚えた粒はどんなに濃い朱色に腫《は》れても未熟なちいささで、だからこそいやらしい。

「あっ、あ、や！」

はしたない尖《とが》りを遠慮なく吸引されて胸ごと浮かせてしまう。たっぷり口腔で嬲《なぶ》られたせいでシロップに浸《つ》かった種子の様相になった。

そして、同じことをされたくて脚の間で主張する性器。

「あ……」

へその下、なめらかに張ったうすい皮膚の緊張を愉《たの》しむように幾度も唇を押し当ててから潮はすでにじゅうぶんな衝動を蓄《たくわ》えている昂《たかぶ》りに舌を這《は》わせた。

「あ！　っあ、あぁ……！」

神経や筋肉に、悪い薬をじかにかがされたみたいに、あらゆる緊張や警戒をなくしてしまうのに、四肢《しし》の先はびくんと突っ張る。マイナスとプラスの両極にいっぺんに引っ張られる混乱、と快感。性器で感じる口内の温度は性感の発酵《はっこう》を促《うなが》す生々しい温かさだった。ついさっきの、擬似《ぎじ》の口淫《こういん》がよみがえってきて二重にじりじりさせられてしまう。

「あ、ああ——潮、も、う」

「いく？」

「んっ」

うんうんもっと頑張れ、などと元凶のくせに無体な要求をしてくる時もままあるのだけど、きょうの潮は焦《じ》らさずに手と口で促してくれた。

「あぁっ、あ……っ！」

どくどくという解放の響きは、精液を残らず吐き出した後も完全には鎮《しず》まらなかった。スプーンで跡をつけられたようにくぼんだ脚のつけ根の内側、色のうすいそこから網目《あみめ》を浮かせる静脈《じょうみゃく》。潮しか知らなくて潮にしか触らせないところをくまなく吸ったり舐めたりされると、再び高まっているという自覚すらないうちに勃《た》ち上《あ》がってしまう。

「あ、や、また――」

「気持ちよくなってきた？」

「あっ、ん、んっ……」

スムーズに坂を上り始める性欲。出したばかりで何で、と恥ずかしく思う間にもそれは加速を増していく。どんどん追い上げてくるのは潮の手管《てくだ》。

「やだ、あぁ……」

扱《しご》かれ、ねぶられて肉体の素直さをとどめようがない。先端の充血をこすられ、何も覗けやしないだろうに、ごく浅い傷口めいた孔《あな》を指の間で拡《ひろ》げられると、ぷく、と透明なゆがんだしずくを盛り上がらせた。舐め取られてはまたにじませ、きりのないような行いのうちにそれは濁《にご》りと粘《ねば》りを帯《お》びてくる。

「あ！」

潮の身体を挟《はさ》んで立てていた両膝を思いきり胸へと押しつけられる。そのぶんあからさまにされた後ろのほうにまで指は伸びた。

「んっ……！」

たどるほどの幅《はば》もない会陰《えいん》を撫で、その下で膚《はだ》が収斂《しゅうれん》する口は、伝い落ちた体液に浸《ひた》ってすでにやわらかい。指を含まされると吸うようにひとつめの関節を呑《の》んだ。性器がすでに得た快感を、こっちにも、とねだっている。

「あっ、あ、あ……っ」

発熱する一方の性器の側面を指で刺激しながら、継《つ》ぎ目をあらわにする裏側を舌で往復する。精気の残量はリセットされてしまったのか、このまま、またすぐにでもいけそうだった。潮はくびれの段差を教えるようにそこを繰り返し唇でなぞってから、下の口へと舌先を差し出す。

「――や！」

体内にぬめる軟体《なんたい》が潜り込んでくる感覚は不穏な鳥肌を全身に立てさせた。血管の内側までざわざわ粟立《あわだ》ったと思う。しかもそれは硬くてまっすぐな指と一緒になって隘路《あいろ》をかき回す。

「や、やだ、潮、だめ、それ……」

「だめ」

同じ否定で返し、唾液《だえき》の滑《すべ》りを借りて二本の指で深く侵入してくる。

「いや、ぁ……っ！」

「気がすむまでするって言ったろ」

「や、し、していいなんて、言ってない」

「でもしていいんだよ」

潮は怒ったのかと思うほど強い口調で言いきった。

「俺はお前に、したいことしていいに決まってる」

その言葉に、嬉しくなってしまった。

「あ、ああっ……」

こじ開ける必要もない従順さで粘膜は違和感を悦《よろこ》ぶようになった。奥へと押し込まれれば、奥から山びこみたいに快感が響いてくる。身体の近接した部分で得る別種の興奮がぐるぐる下腹部で渦巻《うずま》き、計は内臓の代わりに台風を孕《はら》んでいる気がした。

その、台風の目を、皮膚越しに指で引っかかれる。

「っ、あぁぁ……！」

八割ぐらいのところでとろとろと、緩《ゆる》やかで絶え間ない射精を続けていたような性器が暴発する。自分の胸を汚した精液はすぐに冷えていくのに、欲情はすこしも温度を下げない。絶頂の後の弛緩《しかん》を見計らって内壁《ないへき》を嬲られ、いっそうはしたなくひくつきをさらした。

「……火傷《やけど》したみたいな色だな」

敏感に潤《うる》むふちを舌で撫で回して潮が言う。

「熱い？」

「あ、や、怖い……っ」

「何が」

「気持ちいいの、もう、怖い、潮」

いやがるふりさえできない身体が、栓《せん》が抜けてしまったようにどこまでも流れ出してくる性感が。

「うん」

本気で訴《うった》えているのに、弱い場所をぐりぐりさいなまれた。

「ん、っ、だめ、ほんとに……っ」

「駄目なのはお前だよ」

潮は身体を起こし、計の両脚を抱え上げる。

「百回転んでも、忘れたくても忘れられないぐらいしてやる」

「ああ……！」

硬直の先を押し当てられ、計のなかはぐずぐずにとろけて絡む。

「あっ、あぁっ、あ——」

潮のかたちが、はっきり分かる。熱さが、漲《みなぎ》りが、欲望と官能が。身体で侵食される身体は、おののきながら悶《もだ》える。

「ああ——あ、や、きつい……っ」

「アホ、俺の台詞《セリフ》だ」

完全に嵌《は》まったタイミングで張り詰めた性器が胴《どう》ぶるいし、届かない奥を興奮で犯した。

「あぁ……っ、ん、んっ！」

出す前と後、何ひとつ変わらないと思えるほど潮は猛《たけ》ったままだった。すこしも衰《おとろ》えない膨《ぼう》張《ちょう》で、腰骨同士がぶつかるほど激しく計を突き上げる。痛みのない濃密な快感が忘れられないどころか頭をすべて白紙に戻してしまいかねない。潮は膝の裏をくすぐりながら強く深く計を貪《むさぼ》ったかと思うと、脚を放り出して計の肩のすぐ上に両手をついた。

「脚、自分で持ってろ」

「や、だ」

「早く」

挿入で急《せ》かすものだから、ただでさえ力の入らない腕はシーツにしわを作るだけだった。

「奥まで挿《はい》んねえ」

「あ、待って、だめ……っ」

律動にずり上がるはずの身体が手首にとどめられて、鈍《にぶ》く重い性感が逃がしようなく結合部を責めた。計はゆるゆる膝の裏に手を引っかけ、交歓を見せつける格好を取る。

「ああ……！」

途端、まっすぐ打ちつけられた性器は過敏な内部をこれでもかというほど抉《えぐ》る。粘膜が削《そ》がれて、剝き出しの神経を暴《あば》かれてしまいそうだった。

「あっ、あ、あ……っ」

内壁を押し拡げた先端が円の動きで腹の中を探る。汗ばんだ手が自分の皮膚に食い込む感覚にさえ恍惚《こうこつ》とした。

「潮、潮……」

「計」

計の肌に汗を滴《したた》らせて潮がささやく。

「好きだ、お前だけだ。……もう、どこにも行くな」

「うん」

「何もしてくれなくていいから、俺のこと好きだって言ってくれ」

ふだんは絶対に告白をせがんだりしないのに、獰猛《どうもう》なぐらい男の貌《かお》して甘えてくるなんて。かわいい。バカみたいにかわいい。かわいくてバカみたい。どきどきしすぎてこんなの絶対身体に悪い。こんな思いさせやがって、潮なんか。

「好き。大好き」

計は両手両脚でしっかり潮にしがみついた。潮の動きに合わせて腰を揺らし、互いのいちばんいいところで終わりを迎えられるように。

「出す、ぞ……っ」

「んんっ、あ、いい、あぁ――」

互いが全部出し尽くしても、計は潮を離さなかった。重なってくる身体を思いきり抱きしめ、どこにも行かない、と抱擁《ほうよう》で伝える。

月曜日、ネットでお取り寄せした長野銘菓《めいか》を手に出勤すると、アナ部の応接スペースにあるテレビにほぼ全員がかじりついていた。

「……何かあったんですか？」

唯一《ゆいいつ》デスクに残っていた麻生《あそう》が「ジパング」と答えた。

「『ニュースメント』の報道により著《いちじる》しく名誉を傷つけられた——って一般人が会見してるとこだよ」

計《けい》も慌てて人垣の隙間から画面を覗き込むと、女の首から鎖骨《さこつ》あたりまでがアップになっていた。白いハンカチを握った手がそこを落ち着きなく上下する。

『犯人と決めつけるような一方的な報道で、生活が一変してしまいました』

精神的苦痛、人権侵害、放送倫理・番組向上機構《BPO》への提訴《ていそ》、といった弁護士のコメント。計は麻生のところに戻って「ひょっとして、横浜の保険金殺人ですか」と尋ねた。

「ああ」

不相応に巨額の保険金をかけられた後で不審死を遂《と》げた男の妻について何度か特集し、モザイク入りで本人のコメントも流していた。

「スタジオでコメンテーターが『最近こういう事件が多いですから』って言ったのがまずかった。逮捕が秒読みだとしても、まだ参考人聴取《ちょうしゅ》止まりの人間について容疑者扱《あつか》いは踏み込みすぎだ」

最近多いよねえ、と茶飲み話で言うのならよくても、テレビでは許されない。

「確かにうさんくさい話だよ、だからこそ取材にせよオンエアにせよもっと慎重になるべきだったな。そもそも疑惑の段階で前のめりになって取り上げるのは警察もいい顔をしない。自殺か高飛びの恐れがある」

「『ニュースメント』はどうなるんでしょうか」

「もともと内部の不協和音が噂になってたし、今ごろ責任なすりつけ合ってるんじゃないか？　尻尾《しっぽ》切りされるかもしれない下請《したう》けのDには災難だ。この一件で番組が終わるかどうかは分からんが、上のほうから縄《なわ》つけられて今までみたいなやり方はできないだろう。すると番組の色が消える。俺が編成のお偉いさんなら次の改編《かいへん》で看板と顔ぶれ替えてリニューアルか、フェードアウトだな」

「麻生さんは、こうなることが分かってたんですか？」

「そんな超能力はないよ、驚くに値《あたい》しないってだけだ。テレビの怖さを知らないやつが番組作ったりするからこうなる」

そう、テレビは怖い。才能のある人間があっけなくつぶれていったり、たった一度の失敗がトラウマになったり、数分の中継に全精力を傾けなきゃいけなかったり。計は、ほんのすこしだけかもしれないがその怖さを知っている。だから、この件を「敵失《てきしつ》」と喜ぶ気にはなれない。いつ自分がはまってもおかしくない穴だ。あーあ、下ネタ系の放送禁止用語言っちゃったとかなら笑えんのに。

麻生はうすく笑って「怖いといえばお前の中継だったけどな」とつけ加えた。

「ま、サッカーの裏だから知れてるが、それなりに伸びてたよ」

「ご協力ありがとうございました」

「次はない。あの新人、三十点てとこだ。転職も含めた今後を真剣に考えたほうがいい」

辛《しん》らつなことだ。でも、二万点満点じゃないなら、上々。

オンエアが終わると、報道のデスクがスタジオに入ってきて設楽《したら》に話しかけた。

「あのさ、あした国江田《くにえだ》行ける？　ちょっと取材してほしい会見あんだよね。午後七時からなんだけど」

「あ～……ごめーん」

設楽はへらへらと拝《おが》む真似《まね》をする。

「国江田最近酷使《こくし》しすぎちゃって怒られたし、ご奉公《ほうこう》の期間は終了ってことで！　やっぱスタジオに人少ないと画《え》も寂しいしね！」

「何でだよ、いろんな経験積ませてくれって頼んできたのはそっちだろ？」

「うーん、もういいかなって」

「はああ？　お前のそういうとこ、ほんとどうかと思うよ！」

「だからごめんって〜」

特に自分が意見を言う必要もなさそうなのでスタジオを後にした。何が悪くなったのか分からなかったように何が改善されたのかも自覚できないが、まあ、いいんだろう。

足音がたたっと計を追ってきて追いついた。

「何か、いろいろ大変だったみたいすね」

「こちらこそお世話になったみたいでどうも」

優雅に笑みをたたえて応じると、竜起《たつき》は「何だ」と声を落とした。

「きれいな国江田オンリーさんじゃないのか、見てみたかったのに」

「見世物じゃねーよ」

小声で言い返し、歩みを速めようとすると「本題があるんですって」となおもついてきた。

仕方がないのでスタジオの反対側のエレベーターホールまで移動する。

「あのね、木崎《きざき》さんから人づてにコンタクトあって、国江田さんと会いたいって」

「はっ？」

「どーします？」

「どうって……何の用で？」

「さあ。でもせっかくだからこの機会にリベンジしといたらどうですか？　BPOコールでイッキさせちゃいますか？　B・P・O！　B・P・O！　つって」

「お前、俺より性格悪いな」

あっちに不祥事《ふしょうじ》が発生したからというわけじゃなく、憑《つ》きものが落ちたというのか、もう大して気にならなかった。長野にいる間も全然思い出さなかったし。でも、この上自分に何を言いたいのかと考えるとちょっと興味が湧《わ》いたので「いいけど」と答えた。

金曜日のオンエア終わり、指定された個室のバーに向かう。仲介役《ちゅうかいやく》の竜起も一緒だった。何かあったらこいつに押しつけて逃げる。

「あ、お疲れさまです」

先に到着していた木崎がソファから立ち上がり、礼をした。

「お疲れさまです」

この間はアルコールを一切口にしなかったのに、テーブルにはすでにウイスキーのボトルが置いてあった。

「すみません、先にひとりで始めていました」

計はジンジャーエール、竜起はビールをそれぞれ頼み、飲み物が届くと木崎が「お身体は大丈夫なんですか?」と尋ねた。

「長野で、転倒されて頭を打ったとお聞きしましたが」

ちっ、蒸し返すんじゃねーよ。失態《しったい》に言及《げんきゅう》されるのはいまいましい。

「ええ、もうすっかり」

「そうですか、よかった」

それは本心だという気が、何となくした。どうしても穿《うが》って深読みしそうになるが、たぶん、意地の悪いタイプじゃない。

「てゆーかそっちこそ大変でしょ、いろいろと」

ざっくり竜起が切り込み、木崎も「そうですね」と認める。

「番組の解体的見直しっていう声もあったりして……残念だけど、仕方ないです」

「まーでも、うっかり口滑《すべ》らせた演者《えんじゃ》のせいでとばっちり食ったようなもんですよね」

「いいえ」

木崎が硬い顔でかぶりを振る。

「例の発言があった時、まずいなと思いました。何か一言フォローを入れたほうがいいんじゃないかと……でも尺《しゃく》も押していたし、すぐに次のコーナータイトルが始まって機を逸《いっ》してしまって。もちろん言い訳です。オンエア中にお詫《わ》びを入れるタイミングはありました。僕は、甘えたんです。プロデューサーもMCも何も言わないんだから、それはセーフなんだろうと。アナウンサーでもない自分が局側の立場から差し出がましいコメントをすべきじゃないと、逃げました」

アルコールが効いてきたのか、自分への憤《いきどお》りのせいか、目の周りが赤い。一瞬の機転を利《き》かせる賢《かしこ》さがじゅうぶんあるだけに、後悔も大きいのだろう。

「んー、まあそんなに責任感じなくてもいいと思いますけどねー。ねえ国江田さん」

「そうだね」

その慰《なぐさ》めが届いているのかいないのか、木崎は氷を積み上げたグラスに新しい酒を注《つ》いでつぶやいた。

「僕も、あの火事現場にいたんですよ」

「え?」

「野次馬《やじうま》根性で行ってみたら、国江田さんが中継を仕切ってるところでした。ほかのことなんて目に入らないって感じで、がむしゃらに。すごかったです。あの状況で中継のDをやりきっちゃうところもですけど、国江田さんは、自分じゃなくてほかの誰かをしゃべらせるために必死だった。演者ってどうしてもお膳立《ぜんだ》てされて当然の感覚になるのに、あんなことができるアナウンサーはいない。だから僕は、火事なんかどうでもよかった。ただただ圧倒されて国江田さんを見てた。この人には勝てないな、これからもずっとだろうなって、そう思うことは、ふしぎとあんまり悔しくなかった。もう、どうして自分じゃなかったんだろうってもやもやしなくてすむと思ってむしろほっとしました。やっとちゃんと納得できた……」

「いえ、そんな。ただいっぱいいっぱいだっただけで――」

「――僕は！」

殊勝《しゅしょう》に賞賛を受け流したタイミングで大きな声を出される。酔っ払ってんのか？

「そうちゃんと同じところで働きたくて、旭《あさひ》テレビを受けて……」

「そうちゃん？」

計と竜起が異口同音《いくどうおん》に発すると、木崎はしまったというふうに軽く口元を押さえた。いっそう顔が赤くなる。

「そうちゃんって誰すか」

「あの……そちらでMCをやってる……」

「え、麻生さん？」

「子どもの頃近所に住んでいたので、その時の名残《なごり》が……あの、これ絶対言わないでください。僕と知り合いだっていうのも口外するなって釘《くぎ》刺されてるんで」

「むり」

竜起が明快に一蹴《いっしゅう》した。

「月曜日会ったら絶対そうちゃんって呼んじゃう」

やりかねない。

「あーもう勘弁してください、怒られる……」

「まあまあ、で、そうちゃんがどうしたんですか？」

「僕は、昔からそうちゃんに憧《あこが》れていたので、自分もあんなふうになりたいって……旭テレビを受けると言ったら、好きにしろと言われました。横槍《よこやり》は入れないけど手心《てごころ》も加えない、と。実力で通るつもりだったから、それは別によかったんです。でも、落ちて……後で、国江田さんのほうを推《お》したと聞いて、うちのめされました。一緒に選考されてきたならまだしも、言わば賭けに乗ったようなかたちで、それは横槍じゃないのかと。裏切られた気がして、それを国江田さんにもぶつけてしまいました。すみません、反省しています」

「そうですよ、ぶつけるんならそうちゃんにぶつけないと」

竜起は完全に面白がっていた。

「あの、ほんとに、ほんとに言わないでください」

「でもたしかにちょっと意地悪ですねそうちゃん。嫌いなのかな？」

「そ――そんなことはそんなことは……ない、と……」

嫌い、という言葉にショックを受けたのか、木崎はあからさまにうろたえ、マドラーでグラスをぐるぐるかき回し始めた。

「皆川《みながわ》くん、思ったこと全部口に出すのやめよう？」

「だってただのコネじゃなくてちゃんと能力あるの分かってんだったら、普通知ってるほう取りません？」

「いえ」

グラスを一気にあおって木崎が言う。

「正しかったんです。国江田さんを選んでよかった。そうちゃんは今もそう思ってると思います」

「そのとおり」

「えっ？」

「なーにがそうちゃんだ結局ただのやっかみじゃねえかふざけんな。何だその低レベルな志望動機は。あのわがままなおっさんにはこっちだって大概《たいがい》な目に遭《あ》わされてんだよ」

「……え？　え？」

木崎は見えない声の主《ぬし》を探すように、笑顔をキープした計の周囲にきょろきょろ視線をさまよわせた。

「知るかっつうの、俺と張り合おうなんて三万年早いんだよ、お前のレベルは時代で言うと旧石器時代後期な。身の程思い知ったんなら這《は》いつくばって俺の靴を舐《な》めろ、底が磨り減《す》《へ》るまで舐めろ、そして俺に新しい靴を買え。今後は立場わきまえてつつましく暮らしやがれ、その代わり昔俺に負けたってだけで末代《まつだい》まで自慢できるからありがたく思えよ」

口で言うほどの悪感情はもうないのだが、そこは初対面の借りを利子付きで返すということで。

「先輩この人瞳孔《どうこう》開きかかってますけど」

「あと、俺の前で痛い話禁止な、したら死刑な、以上」

ふう、溜飲《りゅういん》が下がった。ジンジャーエールを一気に飲み干すと脱《ぬ》け殻《がら》同然になった木崎の背中にかいがいしく手を添えてやる。うって変わって優しい口調で。

「木崎さん？　大丈夫ですか？　すこし飲みすぎでは？」

「え——え、あ……？」

「ああ、やっぱり前後不覚ですね。お疲れのようですし、ゆっくり休まれたほうがいいですよ。皆川くん、タクシーを呼んでもらって」

「はーい。国江田さんは？」

「ちょっとぶらぶらしてから帰る」

外は蒸し暑かった。週末の深夜は人もネオンもごちゃごちゃうるさくて、いつもならすぐ空車を探すのに、今夜はすこし気分が違っていた。人波の中に足を踏み出し、危険だったかな、とちらりと思う。酒が見せた幻として納得してくれなかったらどうしようか。

でも計はすぐにまあいいや、と思い直した。すっきりしたし、身体と心が軽い。もし何か疑われても騙《だま》し抜いてやる。これまでもそうだったし、これからもそうだ。怖くない。こうやって生きていける。

世界の片隅のまんなかに、自分の全部を隠した場所がある。そこからどこにでも行けるし何でもできる。そして必ず帰るんだ。

計の足は、走り出さんばかりにぐんぐん潮のところへと向かう。

AFTERWORD ……………………

The end of summer あとがきに代えて

――一穂ミチ――

昼過ぎに起き、半生《はんなま》の頭で携帯をいじり、会社用土産《みやげ》をネットで手配。潮《うしお》が作った朝昼ごはんを食べて新聞を読む。あれこれされすぎた身体がまだだるいからちょっとだらだらして――たら、もう夕方。

「……結局休んでねえ！」

「は？」

「あしたの午後からもう会社！」

「たっぷり休んだじゃねーか。だって全部覚えてんだろ？」

記憶に抜けはない（たぶん）けど、一瞬ですべてが思い出と化したので、計《けい》の中では体験した実感がうすい。

「なんもしてねえし」

「いやいやたくさんあっただろ、ちゃんと絵日記書いとけよ」

書けるか。

「いやだこんなの詐欺《さぎ》だ、もっぺん巻き戻せ」

「それは神さま的な誰かに言ってくれ」

「ていうかお前のほうが夏休みっぽかったよな!? 泥棒！」

期間限定の国江田《くにえだ》さんと儚《はかな》い日々を、って思い出したらまた腹立ってきたな。

「あーそうかも。日ごろの行いかな、神さま的な誰かサンキュー」

「軽いな！」

とか言ってる間にも時計は進む、日曜夕方の憂《ゆう》うつがきょうはいっそう濃い。

「あー行きたくね～!!」

過ぎゆく一秒一秒を惜《お》しむ、のが、夏休み最大満喫《まんきつ》ポイントではある。

＊＊＊＊　　＊＊＊＊　　＊＊＊＊

スピンオフでない続篇は初めてだったのですが、楽しかったです。今作からお読みくださったという方には前作「イエスかノーか半分か」もお手に取っていただけますと嬉しいです。

続篇であるからにはそれと分かりやすいタイトルがいいのでは、とだいぶ考えたのですが、最終的に「いちばん最後の文字が『か』であればいい」というこだわりがあるんだかないんだか分からない結果に……。

前作に引き続き、竹美家《たけみや》先生のイラストを拝見できて幸せです。二冊並べてかわいい表紙、最高！　キス顔選手権優勝！　この後キス待ちのまま三分ぐらい放置されてキレそう、国江田アナ。

ありがとうございました。

一穂ミチ

この本を読んでのご意見、ご感想などをお寄せください。
一穂ミチ先生・竹美家らら先生へのはげましのおたよりもお待ちしております。

〒113-0024　東京都文京区西片2-19-18　新書館
[編集部へのご意見・ご感想] ディアプラス文庫編集部「世界のまんなか イエスかノーか半分か2」係
[先生方へのおたより] ディアプラス文庫編集部気付 ○○先生

-初出-
世界のまんなか：書き下ろし

[せかいのまんなか イエスかノーかはんぶんか2]
世界のまんなか イエスかノーか半分か2

著者：一穂ミチ いちほ・みち

初版発行：2015年6月25日
第7刷：2024年8月10日

発行所：株式会社 新書館
[編集] 〒113-0024
東京都文京区西片2-19-18　電話（03）3811-2631
[営業] 〒174-0043
東京都板橋区坂下1-22-14　電話（03）5970-3840
[URL] https://www.shinshokan.co.jp/

印刷・製本：株式会社 光邦

ISBN978-4-403-52377-9